猎人

双雪涛 著

NEWSTAR PRESS
新星出版社

新经典文化股份有限公司
www.readinglife.com
出 品

献给 K

新版自序

写作《猎人》的那一整年我过得比较辛苦，2018年，那一年无论是我的工作还是生活都在经历比较大的转折，经过了五六年的职业写作，心理上需要一个新的目标；在北京生活了三年，不适应的感觉达到顶点，而故乡也同时越来越遥远了。不过那一年我还是在写作，大部分时间都在写，写完一个短篇，休息一周到两周，就开始写下一个。那时候每天都见的朋友，疫情时离开了中国，2018年我们几乎每天都见面，有时候一天见两次，下午见一次，深夜见一下，每天都在讨论我们想要拍的电影和过去曾经存在过的我们喜欢的电影，电影离我还很远，所以我热切地讨论它。第二天醒来继续写小说，在一个光线不是特别好的房子里写了《火星》《心脏》《武术家》，后来搬家，在一个光线很好的房子里写了《杨广义》。我现在很纳闷那时候为什么要执拗地写这么多短篇，其实我可以休息半年，想一想，准备一下，再去写长一点的东西，但是不，我没有休息，奋力写，可能是因为如果不这么写下来，留有缝隙去分析自己的处境，那一年就会成为更加痛苦的一年，或者可能是一旦停下来，那一年就会什么都不写了，会变成因为迷惑而夸夸其谈的一年。我很喜欢说话，但是我无法接受自己只是说话给别人听，在我小时候我妈描述一个爱说话的人，总会说那人吐沫星子横飞，这个描述在我心里形成了一个形象，一个陶醉于自己言谈的人不知道自己吐沫飞散在空气中，给周遭的环境带来一种污浊。回想那一年我说的话，自以为的妙语，现在一句也记不得了，即使记住也没什么意义，那只是那几分钟的想法，都谈不上是一整天思考的结晶。2024年，这一年我又说了很多话，同时也积攒了不少迷惑。是时候闭嘴了，我对自己说，应该去做点别的事情。最近每次我跟写作的朋友和做出版的朋友坐在一起，大家都会谈论人们都不读书了，该怎么办呢？没什么办法，文学如果依靠救济，其实不如断气了好，没有一个东西可以靠救济再次获得人们的喜爱。到底大家是不读书了还是不买书了呢？书作为一个产品是否来到了历史上最困难的一个时期？我也不知道，也许还是有人读东西，用各种各样的方式。文学拥有高贵的价值，同时在我心里也一直是很时髦的，看到现在互联网上的很多表达方式，我更加觉得文学依旧时髦得很，落后的东西有时候很流行，这不足为奇，在人的本质中落后的东西无法消灭，永远发挥着作用，如果一个人没有教养而又不会受到惩罚，他就会变得越来越野蛮。而一部分读者，正在变得越来越聪明，这是好事。想糊弄人没有那么容易，想假装痛苦没那么容易，不时髦就没意思啊，时髦不代表肤浅啊，这些很会思考的人会这么想。TA们不会到处发言，但是TA们存在，喜欢文学同时又不迷信文学的读者，如果我们不能写出让TA们觉得有意思的东西，TA们就会去喜欢别的时髦之物，追求其他事物里蕴含的陶冶TA们心灵的价值，我觉得并不可惜，应该如此，绝对正确。

也许会让人误解，我在说《猎人》是时髦而深刻的，我没有这个意思。一本书，一本纸书或者电子书，被人购买，然后被人打开或者点开，都值得高兴，我也很感谢因为买了我的书现在正在阅读这篇序言的读者，这是一篇新序，因为新版的《猎人》所做，是我2024年写的，代表了2024年底我的一些想法。我很感谢《猎人》，写完这一本书，我挺过了一段困难的日子，同时我感觉到我所写的东西离自己越来越近，小说既是一种表演也是一种告白，在比例上，《猎人》使我告白的一面增多了，这也增强了我和写作之间的关联，增强了定力，如果那一年我没有那样工作，也许我不只损失了一本书，而会损失更多东西。小说可以越过一切去连接另一个人的思想和感情，我始终相信这一点，讲故事的人和听故事的人是心灵上的朋友，这种联系即使在很多不阅读的日子里也不会扭断，我们曾经如此亲近，将来也有可能再次成为朋友，这种可能性即使只有微弱的一点点，也是值得惦记的一件事情。

2024 年 11 月

初版序

目前这十一篇小说，基本是过去十五个月写成的。我原来的计划是从2018年初开始一个月写一篇，一篇一万字左右，到了年底应该能攒下十二个，把他们放在袋子里，摇晃一下，听听他们的声音。事实上我没能做到，数量比我想象的少，时间也较为漫长。这一年中发生了不少事情，在文学之外，又奔入文学之中。我是一个焦虑的人，但是一向不怎么忧愁，这一年我学会了忧愁，也学会了心神不宁、六神无主、无可奈何、人各有命，于是如今，我手上只有十一篇小说，最晚的一篇2019年3月才写完，有的一万字略多，有的不到，最短的一篇五千多字，写作时间也最早。我看了看他们，想从头到尾再捋顺一次，发现已经没有了力气，原来我在写他们的时候已经把我所有力气都用完了，以至于我现在无法谈论他们，正在遗忘他们。如果说过去的小说像是一个车工倚着车床的作品，那这些小说就像是农民用镰刀一把一把割下的麦子，我无论如何也想象不到，写作至今，我把自己写成了麦客。

有人说短篇小说比长篇小说难写，其实这种比较的意义不大，如果你想写好，就没有好写的东西，对于我个人来说，我手里掉出来的东西都和我的手掌有关，我的手掌连接着我的心事，我的心事勾连着我的精神。我常能感受到我的精神，他比我本人要好，他有时就坐在我面前，嘲笑我所有现实的考虑，但是我也和他辩论，如果我在现实中不存在肌肉，他如何能成为优越的精神？有那么几个夜晚，我在睡梦中醒来，发现窗帘没有拉上，窗外巨大的城市看着我，永远清醒，万语千言，一言不发，我忽然感到死亡的恐惧，我用一只手小心地摸摸另一只手，这些物件刚才还在拿着杯子，可终有一天要成为腐物，化为飞灰，我脑中所规划的未来也终有一天要成为遗迹，我写下的小说将要独自生活，成为自由的孤儿，而我喜欢的那块防水的电子表如果有人照料，将会一直走下去，每当这个时刻来临，我的精神都会战栗，从而抖落一些灰尘，他的活力在虚无中涌起，比其他任何时候都渴望文学，渴望在艰辛的工作中赋形。我才知道了，正是我的胆怯才使得他骁勇而且贪婪。

关于这十一篇小说我准备什么也不说，他们书写了我，仅此而已，文学不可能站在爱的反面，即使站过去，也是因为爱的缘故，所以对于我来说，选择这个孤独的行当就是反抗孤独的方式，作为一个写作者、阅读者，一个胡思乱想的赋闲者，与世界的所有联系就是在独自一人坐下的时候，这种诡辩的论断也可能是独处之人的习惯，不足为训的。这些小说是否对他人产生帮助我不知道，实话说，也并非我的目的，但是他们确实曾经占据了我，这种自私的爱慕是我的希望所在，如果希望不只是一个修辞的话。爱的起落无常，凡人的工作有序，所以只能在似可把握的次序中活下来，使自己和自己的精神不致失散，好了，就说到这里吧，再多说这篇序言就更像是一篇病人的诊断报告了。

2019 年 3 月

目录
·
Contents

1　女儿

23　起夜

45　武术家

63　Sen

81　杨广义

95　预感

121　心脏

141　剧场

165　火星

185　松鼠

197　猎人

女儿

从书店走出来时，我没有注意到那个男孩儿，直到我过了两个路口，正穿过熙熙攘攘的人行道，他突然一跳跳到我面前，我才发觉自己不是一个人走过来的。我刚才把陀思妥耶夫斯基的死亡时间说错了。在他和托尔斯泰之间，我从来没觉得长陀更好，短托才是我一直会偷偷反复阅读的作家，不过每次讲座，我都会大讲长陀，短托绝口不提。一是可以扯的东西多，临刑前特赦，屡败屡起的超人，晚年有个死心塌地的女人陪伴左右，永远要跟上帝交谈，永远负债。二是这样不累，因为不用真正地思考，随便采摘一点别人的观点即可，纪德有七讲，后来人演绎得更多。托尔斯泰就需要多少准备，因为其几乎没有风格，老鼠吃象，无处下嘴，而陀氏如同小岛，四周之海水多矣，延展他，保护他，稀释他，囚禁他，放一叶舟在海上走，时间一会就过去了。北京的人行道经常有丛林之象，灯闪过后，转弯的汽车先甩过车头，然后一辆挨着一辆通过，紧接着摩托车电动车残疾人代步车蜂拥而至，行人掩映其中，先要自保，才是走路。男孩跳出之前，我正一边想着长陀的确切死亡日期，十一月？不，是二月，一个雪下得不停的冬天（啊对，是一个笔筒，笔筒掉在地上，他去挪胡桃木的柜子，导致血管破裂，到底是一只什么样的笔筒？），一边躲过一辆几乎从我腋下钻出的小摩托。我有个疑问，他开口说。我说，你一直跟着我？他说，我没有一直跟着你，我是从你做完活动开始跟着你的。你抽中南海，随地吐痰，而且你走路姿势不太自然，一肩高一肩低，这样久了鞋坏得快。眼看着指示灯又要变了，我快步向前走，他一看我动，就倒退着走，好像我的一架手推车。我说，你有什么问题？刚才在书店可以问，我认人一向准，没见你举手。他说，我没进书店，我一直在书店外面等你。你在书店里说的都是假话。我停在路边端详他，二十岁出头，一米七五左右，极瘦，头发挺长，黝黑黝黑，散在额头上。背着一只白色的布包，上面画着一只手风琴，仔细一看不是，是两扇肋骨。脚上一双白色的帆布鞋，虽然已是深秋十月，还挽着裤腿，两只脚踝瘦得像两支鼓槌。

我说，说吧，你有什么疑问？他说，为什么这么多次活动你都没有提到我？我说，我为什么要提到你？他说，因为我是比你更好的作家。我说，你尊姓大名？他说，说了你也不知道。一阵大风从我们中间吹过。我说，恕我直言，像你这样的人我不是第一次遇到，当然也许你是特殊的那一个，不是另一个病人，即便如此，你想证明你是比我更好的作家也不需要通过我。陀思妥耶夫斯基的伟大不是某个人说了算的。他说，你学的是托尔斯泰，虽然只是皮毛。我再说一遍，我不是那些想要你签名的人，我也不是无聊透顶的读书会的会员，为了泡到某个读书把脑子读傻了的女人而到书店点一杯咖啡消磨一个晚上。我是比你更好的作家，希望你能承认这一点。我说，你发表过什么作品没有？他说，没有，因为我还没写。我说，帅呆了，我现在要回家吃饭，如你所见，我是个作家，吃完饭我需要工作，如果你也同意这一点，那就请你也回家把你比我更好的作品写出来，我们分头行动如何？他从包里掏出一个本子说，一言为定，你给我留一个邮箱，我写完发给你看，切记，如果服气，要告诉我。本子上密密麻麻都是字，还有图画，我在空白处照例写了自己的一个不常用的邮箱。我留心看了一眼，文字应该是康拉德的《黑暗的心》，用很小的楷书抄写，不知是哪里的译本。

这家伙负责的业务为制砖——我是这么听说，不过整个贸易站连一块砖都没有，而他在那已经整整一年多了——光在等。他好像缺什么，所以才无法造砖——可能是缺干稻草吧。不管怎样，缺的东西这里没有，也不可能从欧洲运来，真搞不懂他到底在等什么……

图画有点画不对题，好像画的是希腊神话或者是哪一个我不知道的远古史诗，有双头女人和温柔看着婴儿的巨龙。我把本子还给他说，你为什么找到我？比我牛逼的作家多的是，你用一下百度就行。他说，舍伍德·安德森和福克纳谁更伟大？我说，应该是福克纳。他说，但是安德森启发了福克纳。同理，你的有些东西启发了我，虽然你写得不如我，这就是我找你的原因。另外，你有一个分析作品的专栏，所以你也写点批评，算个批评家，我希望你能在专栏上分析我的小说。我说，想得周到，回见了。他说，明早之前，注意查收。我没有回头看他，因为他提醒了我，我还有一个专栏要写，明天就要交稿，专栏不同于活动上的瞎吹，我爱写专栏也在于此，有人逼着，能静下来想点事情，不以陈词滥调敷衍，虽然也是某种程度地说假话。不远处有一个乞丐躺在路边睡觉，盖着厚厚的被子，过大的黑脑壳上生着红瘤，黄色的叶子落在他身边，好像有人给他献花。我走过放下一块钱硬币。乞丐无动于衷睡得很实，不知道是不是点着电褥子。我的腿确实有点跛，是因为我小时候有一次踢球被铲伤，脚踝坏了，为了掩饰，我努力让另一条腿也如此走路，以至于经常两个鞋帮着地。另外每当我想写出点东西的时候，我都想办法做一点善事，这是不为人知的秘诀。

我家楼下有家时髦的超市，专卖外国人吃的食品，主要是中国人买。我买了两瓶韩国牛奶，一盒美国饼干，一打德国啤酒。在房门口我就闻到了猫屎味，我养了一只公猫，叫作武松。说是养的，不如说是接待的，因为是朋友出国之前强送给我的。我过去养过一只狗，养了一个月，因为我不爱出门，所以狗憋得乱转，得了窝咳，治了一个月之后送给了一位户外运动教练。后来小区的一只野猫老跟着我，毛又黑又亮，胖墩墩，我就请她来家里住了一阵，没想到竟有跳蚤，咬得我生不如死，只好把她扫地出门。这只武松原来不叫武松，叫作亨利二世，朋友心血来潮从宠物店买的，品种是加菲，四个月，一身黄毛，眼大脸扁，酷爱打喷嚏，一天要打几十个。能吃能拉，且总是拉在沙发上，殴打恐吓喷药都无效果，我上网查了一下到底是怎么回事，一个靠谱的答案是此猫是白痴。也就是智商有问题，我才想起来自从这只猫来了我的寓所，就从没叫过。打也不叫，打得狠了，龇牙咧嘴，浑身一抖拉出一坨屎来。原来是个哑巴啊，我心想，不过也好，倒是不闹，与我相宜。

进屋之后我收拾了猫屎，填了猫粮，沏了茶水，撕开饼干，开始弄专栏。弄了三个钟头，茶水喝了五六杯，饼干吃得一干二净。一个字也没写出来。

实话说我常感到孤独，也因此觉得愉快。多年以来我都想钻入人堆里，与人发生紧密的联系，可是就像我养过的宠物一样，我无法改变自己，他们也无法改变他们，我不爱动弹，他们就会咳嗽，他们有跳蚤，我就会烦恼，所以终于还是分散。写小说这件事情就是另一码事,我的人物也许讨厌我,觉得我难相处,但是毕竟他们由我创造,所以只能认命。我造世界,铺设血管,种上毛发,把这个世界奉上,别人因此而知道我,觉得了解我一点,其实也可能离我更远,具体分寸的拿捏都在我这里,我愿意以囚徒的境地交换,什么事情都是有代价的,怎么弄都是耗尽这一生。叔本华说,活着为了避免死亡,走路为了避免跌倒,大概是这个意思。

我又抽了几支烟,想起傍晚的男孩。世上多有自命不凡者,有的可爱,有的招人烦,那个男孩不算招人烦的,而且字写得不错,品位也不很烂。他生在这个时代,活在北京,养出了自恋的毛病,也没什么奇怪。我在他那个年纪还在浑浑噩噩地想要过正常人的生活,还在带着我的狗到处看病,急切地想要证明自己有同情心,是个善良的人,骗自己无论如何不会抛弃他,告诉他第二天我可以遛他,其实第二天还是早起不来。我打开那个邮箱,费了半天劲找回了密码,原来是多年以前我妈妈的座机号。上一封邮件还是一个大学女生发给我的,说她要来 S 市出差,让我请她吃饭,时间是三年前。我当然没有看到,她也没有饿死,谁也没有错过什么。最新的邮件是五分钟之前发过来的,没有寒暄,只是一个小说的开头。

亲爱的旅人啊,这是我唱给你的一支歌谣,歌词早已零落,曲调却是来自于上古,那我就随便填个词唱给你,权当解闷。

我是一个木匠啊我有三把斧子
除了三把斧子我还有一个孩子
孩子的妈妈死在早年
每年我都把鲜花放在坟前
孩子现在已经是少女
头发弯曲个子到了我的膀子
谁有心思与她相爱不用经过我的允许
只需要歌子唱得跟我一样动听
斧子耍得比我更熟悉
或者你给我倒一碗上好的烧酒
我就把女孩的心思全部告诉与你

杀手听了把刀子放回怀里说,那我可以见见你的女儿。男人说,我的女儿因为着了风寒,落后于我,大概今天午夜才能赶到驿站。杀手说,我怎么知道赶来的是不是帮手?男人说,我已逃了十九年,身边早没有朋友。朋友需要待在一块,而不是一直走在路上。杀手说,我为什么不现在杀了你,然后等你女儿来了我把她带走?男人说,等她来了,我写一纸文书把她托付给你,名正言顺,这样你一辈子都会舒服。

杀手说，那我什么时候杀你？当着你的女儿？这样她岂不是会永远恨我？男人说，我会自杀，毒药已经备好，就在面前的这碗烧酒里。到时你把我葬在路边，不要写我的名字，回到驿站来用清水洗干净双手，把她领走。杀手双手交叉，放在膝头说，你女儿长什么样？是胖是瘦？大眼睛还是小眼睛？男人说，蓝眼睛。杀手说，怎么会是蓝眼睛？她妈妈眼睛是什么颜色？男人说，她妈妈和我一样是黑眼睛。你没见过她吗？杀手说，没有见过。男人说，她有一双黑眼睛，像煤一样黑，像星星一样亮，每当想事情的时候黑眼仁就在眼白里转呀转，像骰子。杀手说，那你女儿的眼睛为什么是蓝色的？男人说，我也不知道，她生下来就是蓝眼睛，而且她的皮肤像牛奶一样白，头发满是细卷，随着她一岁一岁长大，眼睛越来越蓝，皮肤越来越白，头发也越来越卷。寒风摇动着驿站的破木门，驿站长早已逃走，门口拴着一肥一瘦两匹雄马。男人添了几块木柴在火盆，杀手站起身来推了块石头把房门顶住。从门缝里他看到外面下起雪来，他的马嗒嗒地跺着脚。

只有这么一小段，字打得很整齐，手写的一样整齐，没有错别字，也没有题目。我站起来在书房走了一圈，然后打开书房的门出去倒水，武松趁机钻进来，两跳跳上书桌，趴在电脑前面看我的屏幕。这是他的习惯，只要我不防备，逮到机会就上书桌来看电脑，有时还伸爪子捣乱，按出一个突兀的标点符号。我略微盘算了一下，回了一封邮件。

你好，小说看了，写得很有意思，虽然情节上多有不通之处，但是如果硬想，也可以说通。语言简明，不像没写过小说的人，今天见面有点失礼，准确地说是有点势利眼了，没想到你确实是个高手。如果你确实是刚才写的，那更让人佩服，只是不知道你是否已经全盘想好，因为写一篇小说就像放风筝，起手也许不错，到底能飞多高还要看后面的技术。杀手为什么要杀男人当然不那么重要，但是女儿还是关键，来还是不来，若是来了，怎么收场，是我好奇的。你说受过我的影响，我不敢妄自揣测，但是也许是和我早期写过的一篇关于杀手追杀木匠的小说有关，只不过那篇小说我把逻辑裹得太紧，木匠是造了一个狠毒的刑具才遭人追杀，不如你这个灵逸。实话说，你这个开头让我爱不释手。热望后续，祝好。

武松安静地趴在旁边，没有捣乱。马上我就收到了回信，只有三个字。

正在写。

我又给自己泡了一杯茶，泡完之后发现自己已经喝不下去了。房间虽然每天收拾的，但是不知为什么看上去还是乱七八糟。这就是一个人生活的弊端，收拾的过程中不知道又把什么搞乱了。我曾经有一段亲密关系，她是一名出色的意大利语翻译，意大利语极为出色，而且能写出更加出色的中文。她翻译了几本很难的文论，我都很喜欢。在一次活动中我见到了她，很普通，没有化妆，短短的卷发，胸口搂着书，穿着质地一般的长裙，压得都是褶子。脚趾露在凉鞋外面，红色的指甲油掉落了大半。我走过去向她表达了我的敬意，她冲我点点头说，我知道你，你能写很长的句子。我说，可能是我看了太多外国小说。她说，但是你长得像短句子。我说，什么意思？她说，你的下巴像一个很短的句子，里头只有一个动词。我说，什么动词？她说，削减的削。我说，也许我可以试试。她说，有个意大利作家叫作维尔加，你知道吗？我说，我并不知道。她说，他说过一句话叫作，东西长了都像蛇。我说，有意思。但是你的译文里都是蛇。她说，原文是蛇，我只能舞蛇。你应该创造你的文体，你比我大，我说这个挺傻的，你是不是不想再跟我说话了？我说，相反。我稍微酝酿了一下，相反的应该是什么呢？最后我说，我想跟你说很多话。其实还有十五分钟我就要上台了，但是我那天没有上台，我的编辑代我领了奖，授予我写的长句子。她照顾我，给我买了尺码刚好的衬衣，她订正我思维上的误区，指出我文体中的马脚，我学会了做沙拉、使用动词和用吹风筒吹干她的头发。分手时我说，我只能走到这了，因为我只能过一种生活，只能成为一种人。她说，你为什么不能更幸福，成为更好的人呢？我说，我的悲剧是我的能量，我的差劲是我精神上的鸦片，你知道和你在一起，我什么也不想做，就像酗酒的人一样。她说，那你觉得你临死前会不会想到我？我说，有可能，也可能我会想起我没有写完的一个句子。她说，明天早晨八点，我在家的那个路口等你，等你到晚上八点，如果你不来，我就把你忘记了。我说，明天可能有雨，我们就在今天了结吧。她说，晚上八点。然后把我家的钥匙放在了我的书桌上。第二天从早到晚艳阳高照，没有下雨，傍晚刮起了风，那也是一个秋天，我窗前的一棵银杏树叶子掉光了，树枝战栗。我穿戴整齐坐在家里，坐了一天，终于没有走出门去。七点多点有人敲门，我跑过去打开门，是住在隔壁的六岁男孩过生日，捧着一块三角形的蛋糕。他的父亲离他们而去，留给他们一套大房子。男孩脚蹬拖鞋，头上戴着王冠说，你记得吗，有一次上电梯，我绊在了脚踏车上，你扶住了我。我说，没什么，顺手的事儿。他说，现在我们扯平了。他妈妈扒着门缝看他，他把蛋糕递到我手上，独自一人走回了属于他的房子里。

我吃了蛋糕，喝了一点酒，坐下抄了一会书，睡了。一个小时之后，第二封邮件来了。

男人把靴子脱下来，把脚举在火盆边上，烤他的脚心。火把袜子烤得又皱又紧绷，好像红薯。男人说，自从我感觉到你在追我，我就没脱过靴子。杀手说，外面的雪越下越大了，你女儿怎么来？男人说，放心吧，我约她在这里，今晚她一定会来。你喝一点酒暖一暖，你的酒没问题，我可以先尝一口。杀手说，好，你尝一口。男人举起酒碗喝了一大口，递给杀手。杀手喝了一小口。男人说，我未来的女婿啊，你太紧张了，你的眼睛看一个地方不会超过三秒钟。杀手说，你杀过人吗？男人说，我没杀过，我看过很多人死，但是我没杀过人。杀手说，我杀过十七个人，十二个男人，三个女人，两个孩子。每个人死前的样子都不一样，我都记得，记得时间，他们的穿着，表情，最后的话，我就是记性太好了，我不适合做杀手。但是我使一把好刀，无亲无故，想买地盖房子，我只能干这个。男人说，他们死前都说什么？杀手说，一个五岁的孩子说他有一个糖人，我进屋时他藏在枕头底下了，我杀完他就把它吃了吧，要不然就化了。男人说，你吃了吗？杀手说，吃了。是个孙悟空，脑袋化了，粘在枕头上。男人说，甜吗？杀手说，很甜，我吃过最甜的东西，吃完之后心情好了许多，出去找了口井喝了不少水。你女儿骑马来？男人说，对，骑马，我的所有积蓄都买了这匹马给她骑。对了，我忘了告诉你，她有病。杀手紧张起来，什么病？男人说，她蜕皮。杀手说，怎么蜕皮？男人说，从二十岁开始，她每到十二月就蜕一次皮，然后又变成年初的样子。杀手说，那不是不会老？男人说，不老，喜欢还是不喜欢？杀手说，喜欢。这烧酒好喝，你再喝一点，你看，我干了这么多年的杀手，终于迎来了好运气。男人说，贵在坚持，一个事情做久了，总会迎来好运气。

就这么多。读完之后我马上开始写回信。

朋友你好，你会写细节，这很好，你敢于停滞，这也很好。我写了很久，才悟到这个道理，小说不是现实的峻急的简笔画，小说是精神的蛋，你得慢慢孵它。人的精神是混乱的，漫无目的的，充满细节的，在一个不起眼的地方盘旋的。狄金森怎么说的来着，一封信总给我不死之感，因为它像是没有肉体的纯心灵。你写的是我要写的小说，或者说，我认定的小说，这让我感到欣悦。我在写作之初四处碰壁，无门无派，无所依仗，只能硬写，一次次投稿。后来有个编辑赏识我，给我回了信，提了修改意见，我一夜没睡，按她的意见修改，第二天一早，我绞尽脑汁想写一封漂亮的邮件给她，甚至比我修改小说花费的精力还要多。就在邮件发出之前，她告诉我，她的上司看了我的初稿，说没有修改的必要，所以这次算了。临了她说，你可以写别的，到时再给我看。我哭了一场，然后另外开始了一个小说。我给你讲这个故事并不是要说明自己的坚韧，相反我是一个经常要放弃的人，但是我除此之外找不到合适自己做的事情，或者说有热情去花费时间度过生命的事情。这是一种消极的选择，就是别人先挑了自己的行当去做，我只能挑这个唯一一个剩下的。我现在忆起了你的脸，你的脸狭小，闪烁着自命不凡和不择手段的神情，虽然我厌恶你的脸，但是不得不说这是一个小说家应有的脸型。你比我的运气好，你遇到了我，因为你的粗鲁和胆大妄为，恰巧我今晚无所事事，读了你的东西。目前事情令人满意，如果你的结尾精彩，我会把你推荐给我所有认识的编辑，竭尽所能地帮助你，不过如果你是和我一样的可怜虫，对你的帮助也许是残酷的捕鼠器，我提醒你要慎重地思考自己的人生，到底要为这个事情献出多少东西，到底可以耐受何种程度的自私和孤独。当然这不是你现在应该费心琢磨的事情，希望你小说的余下部分能够不要让我失望，我倒不是多么关心你的前途,只是不想白白浪费一晚上的时间。祝好。

我等了一会,没有得到回信。我用这个空儿处理了一点琐事,回了几个微信,敲定了几个需要见面的事情。回头我又查看邮箱,还是没有回信。我把地板拖了一遍,用吸尘器吸了猫毛。我忽然想起我妈的老房子应该要开始供暖了,北方的这个时节已经相当寒冷,夜晚在外面走路的人开始稀寥。我给我妈打了个电话,想问问采暖费她准备了没,如果没有我就把钱给她打过去。她并没有接电话,这个时间她应该在看电视剧,每次看电视剧她都把手机静音,坐在离电视机两步远的床脚,认真地看。我有时候会梦见她,她曾经非常强壮,自行车前面装满了菜,后面驮着我,在寒风中骑行一个小时,到了家面色红润,神采奕奕,马上脱下外套开始做饭。现在则眼角下垂,整天裹着厚厚的衣服坐在家里不动。我的梦里老是出现熟人,都是我十几岁就认识的人,我们因为一场先赢后输的球赛而号啕大哭,三十岁之后的朋友几乎不会梦见。那几个熟人全都已经断了联系,但是他们就像我心爱的古董一样,总是在我梦中出现,被我擦拭,端详。有一次我罕见地梦见了那个意大利语翻译,她在译一本薄薄的册子,可是怎么译都译不完,以至于头发都白了,我在她身边高叫,停下来吧,停下来吧。她没有听见我的话,手中的钢笔像是装了电池一样不停地动来动去，我伸手去推她，她拿起册子贴到我脸上，说，你看好了，这可是你的书。你的狗屁玩意儿，你的想被理解，想逃遁其中的狗屁玩意儿，我累得脖子都细了，可是你一点不领情。我一下醒了，摸了摸枕头，床上只有我一个人。

武松睡着了，尾巴落在我的键盘上。我给他挪了一挪，他并没有像其他猫一样，别人一碰他的尾巴就跳起来。他还在沉沉睡着，三角形的嘴微张，脖子蜷在身体里，好像已经昏迷。我又查了一遍邮件，发现有了新的信。

寒气从门板的底下渗进来，火是旺的，杀手说，我想跟你换个位置，这样门开了我能看见，而不是有人突然走到我的背后来。男人的烧酒喝得有点多，有些醉了，双眼变长，面带微笑。好啊，他说，还是你想得周到。两人相对无言，杀手不喝了，等着午夜到来。男人兀自喝着酒，时不时笑着摇摇头。男人忽然说，我刚才骗了你。杀手再一次紧张起来，说，什么事骗了我？男人说，我杀过一个人。杀手说，什么人？男人说，第一个来杀我的人，她追了我两年。终于有一天夜里，在一个驿站，跟这个差不多，追上了我。杀手说，然后呢？男人说，我稳住了她。那是一个女杀手，擅使两把长锥，那时我比现在年轻，风霜还没有把我磨成老人，我哀求她，她知道我没有跟她对抗的本事，就放下心来陪我聊了一会。杀手说，然后呢？你毒死了她？男人说，没有。我想办法让她爱上了我，或者可以说，她追了我这么久，对我了如指掌，已经具备了爱我的基础。我轻轻一推，她就爱上了我。杀手说，她犯了杀手最大的忌讳。男人说，也可以说，她犯了每个杀手都会犯的错误。对一个目标追了太久，已经没法下手把他清除了。杀手说，然后呢？男人说，我请求她和我一起走，她答应了，我们就一起逃跑。跑了两年。我一直想趁机杀她，可是她能耐太大，睡觉又太轻，不生病，我没有机会。杀手说，你为什么要杀她？她已经跟了你了，付出巨大的代价。男人说，可是她还是来杀我的人啊。终于她怀孕了，她生下孩子之后，我听见孩子的哭声，从她的身边接过孩子，就把她杀了。杀手不说话，手摩挲着刀柄。男人说，我杀她时，她还笑着，真是个傻女人啊。我女儿快到了，你用不用洗个头发？杀手说，不用。男人晃着脑袋轻声哼着小曲。

我是一个木匠啊我有三把斧子
除了三把斧子我还有一个孩子
孩子的妈妈死在早年
每年我都把鲜花放在坟前

孩子现在已经是少女
头发弯曲个子到了我的膀子
……

又过了一会，柴火要尽了，火苗微小下去。男人几乎睡着了，手拽着衣角，嘴偶尔动动，声音含糊。门外传来马蹄声，马蹄踩在雪上，发出笃笃的闷响。马停住了，打了个响鼻，隔了半晌，有人推了一下木门，然后敲了三下。杀手把刀拿在手里，火光照在他的脸上，照见了他脸上的皱纹，照见了皱纹缝隙里的尘土，照见了他油腻腻的领子，照见了他无人浆洗的衣裳。刀刃明亮，那是他从头到脚唯一干净的地方。

我没有第一时间回信，点了一支烟抽。我担心他结尾写得太好，我预料他写得不会太差，不要太好就行。已经凌晨，毫无睡意，园区里有老人开始遛狗，边遛边高踢腿。我坐了一个小时，盯着邮箱，没有来信。

请尽快把结尾发来，故事到了这里，结尾不需要太长。编辑快要上班了。

没有回信。

目前情况发展，有几种可能。A.男人和女儿合力杀死杀手，逃走。B.杀手杀死男人，带走女儿。C.杀手杀死男人，女儿宁死不从，也被杀死，杀手失落而走。D.来的不是女儿。这几种情况都说得通，都不差，请速速写完发我。

没有回信。

两天已经过去，我不相信你没有写完，我不知道你如此行事到底是何用意。我花了许多时间与你探讨，给你鼓励，也和编辑打了招呼，我们都在等待你的结尾。我不奢望你尊重我的劳动，我只希望你尊重自己的劳动，一篇小说无论好坏，最重要是完成，我已两天没睡，这不是你的责任，我本来睡觉就轻，我很想知道故事的结局，即使它是一坨狗屎。没有结局之前我无法入睡。如果你是太累了，我相信你现在已经睡好吃好，请务必写完发我。我坐在这里等。

我吃了点东西，但是我已经四天没有打扫屋子了，我也睡了一会，睡十几分钟就会醒，好像身边躺着一个充满性欲的陌生女人。近十年我都在写作，都在等待写完，世界上的其他人也都在做着自己的事情，等待把它做完。如果你心脏病突发死掉了，请你给我一个暗示，比如台灯闪动一下，或者下一秒窗外就开始下雪。如果你还活着，请你跟我说话，即使你不发给我结尾，请你跟我说话，随便说点什么都行。我想念你，我的朋友，就像想念一个已经早已把我忘记的人。你还活着吗？还像一个正常人一样，怀着无数无法满足的欲望活着吗？那样最好，不要太认真。如果有人来杀你，请你告诉我，我有一匹马存在保险柜，我可以现在骑着它去救你。

我又一次醒了，窗外刮着大风，枯枝战栗，天已经黑了，远方闪烁着磷火一样的车灯。我看了看电子表，睡眠持续了半个小时，武松睡在我旁边，还是一副昏迷的样子，好像比过去瘦了一圈。看我醒了，他也睁开眼睛，喉咙里咕噜了一声。我感到饥饿，也感觉极度地疲惫，好像拉着一块磨盘走了好几年，身上还有绳印。我忽然坐起来，又把电子表看了看，距离晚上八点还有十五分钟。我滚下床穿上外套跑出门去，我的脚还是有点跛，也没有来得及系鞋带，但是我跑得飞快。幸福，像洗澡水一样把我浸没，有一个人在等我，她等了我很久，现在已经绝望，炉火要灭了，但是以我对她的了解，时间没有走完之前，她不会放弃，而我，马上就要到了。

起夜

大概晚上九点钟左右，岳小旗给我打了一个电话，我当时正在四得公园踢球，没听见，等我换好衣服给他回过去，他又不接了。晚上到家洗了一个澡，洗完之后马革儿已经做好了饭，因为最近我和马革儿的收入状况都不好，就让阿姨回家了。我的剧组死了一个替身演员，军心涣散，已经停了，而她最近在写长篇小说，写得很艰苦，情绪也不稳定，像今天她给我做了饭，可能是因为出现了某个比较顺畅的段落，而前几天，她拒绝吃晚饭，说晚饭会使大脑充血，无法工作，也不允许我吃，因为我吃了晚饭就会露出一种志得意满的神情，让她讨厌，饥饿会使我看起来谦逊。在她刚开始准备这个长篇小说的时候，我劝过她，我说你都已经怀孕了就不要写了，你已经在孕育，组织上不允许你挑这么重的担子。她说这不是她能决定的，她听到一个声音让她把这个东西写出来，孕育是同时进行的。前两个月她一直在街上跑，跟着一个私家侦探搜集材料，那位侦探姓黄，过去在律所工作，后来因为得罪了上头的人，被关了几个月。刚出来没几天，又说他嫖娼，又给关了两周，出来之后就从律所辞职，自己单干了。我问她，他到底嫖娼没？她说，她也说不好，那个女人本来是找他帮着打官司的。我说，什么官司？她说，一个客人行房的时候，在避孕套上涂了化学药品，致使她永远不能生孩子了。我说，还有这种事儿？她说，那人不是干了这一起，在上海武汉都做过类似的事儿，是个退休的大学教师，研究生化的。我说，那这女人是怎么找到他的呢？她说，他过去嫖过她一次。我说，懂了，你为啥要写这个？她说，你是个制片人，不是作家，不要问你专业之外的事情。记住我们家的座右铭：你是社会人儿，我是艺术家。我说，没错儿，但是孩子是我的，作为父亲，我的工作早在和你认识的那天晚上就开始了。她说，我天天在家坐着，就想喝酒，喝酒毛病大不？这是她的杀手锏，马革儿向来有喝酒的毛病，尤其在不写作的时候，也就是她说的内心的空窗期。一天一瓶红酒，如果有饭局，还不只这个数儿。她的酒量很大，喝不喝酒其实不大看得出来，但是在一起时间久了，只要她喝了一杯我就能感觉到。具体哪里有了变化我也说不太清楚，如果说每个人作为一个个体都与这个世界有着某种关联，那喝完了酒的马革儿和这个世界的关联方式会略有变化，就像是一个通过蓝牙和音箱相连的手机，又放得远了一点。我说，那你得提防点这个姓黄的，不干不净的，捞的都是偏门。他这种人电话都可能被监听，别把你捎进去，擦边球可以打，你要是老想扣杀，人家准得收拾你。她说，放心，一定是个好东西，孩子生出来，书也差不多写完了，我就专心当两年老妈子。我说，那我也得舍得用你，先吃饭吧。

大概晚上十一点半，岳小旗的电话又打进来了。这回我接着了，我说，今天踢球你怎么没来？正好是奇数。他说，哥，我在你楼下呢。我说，你在我楼下干吗？他说，我想跟你聊聊天，你有时间没？听声音是喝了，但是情绪还可以，没喝到特别绝望的程度。马革儿睡了，最近我们分床睡，她的睡眠说来就来，说醒就醒，有时候从下午睡到半夜，突然起来从床头拿起笔，环顾四周，又把笔放下接着睡。我睡觉不算轻，但是一旦中途醒了，就不容易睡着，第二天准报废一天，所以我就睡在原来保姆的房间。孩子的小床已经买好，就在大床的旁边，裸露着肋骨一样的床板，散发着来自南方的油漆味。剧组死的人是一个十九岁的男孩，专业潜水员，拍潜水的戏溺死了，准确地说，是在水下犯了心脏病，猝死了。我从房间里出来，把马革儿的房门轻轻推开，往里头瞧，她脸冲里夹着肩膀睡着，像个葫芦。我说，马革儿？她没反应。我把门带上，穿上衣服下楼。十二月末了，晚上挺冷，但是从闷热的房间里出来，被晚风一吹，还挺舒服。白天踢了球，感觉身体特轻，特别年轻。岳小旗正在小区门口抽烟，系着一条蓝色的围脖，背对着我。他的形象挺不错，标准的北方男人，有个儿，方脸长腮，上身长，腿短，因为常年踢球，往那一站，两条腿哈哈着，像是两根床底下的弹簧。他原来是运动员，练中长跑，进过国家集训队，后来不知怎么混到演艺圈，当了五六年演员，开始是龙套，后来是大龙套，再后来在电视剧里能演个男三，就是女主角的二弟那种，动不动就从屋里冲出来说，姐，我不同意！近几年戏不怎么演了，做起了执行导演，干了两个低成本的电影，都没赔没赚，影展倒走了一圈，算是可以。大家有时候问他，小旗，你演戏演得好好的，已经从女主角的表弟演成亲弟了，干什么电影啊，駒儿累的，还不挣钱。他就说，嗨，干电影挺好，别小看弟弟，弟弟一认真，也有不少情怀，再怎么着也是看《地雷战》长大的。岳小旗是东北人，但是因为在北京待的年头长，又演戏，学了一口北京话，见谁都自称弟弟，要不就是长叹一声，一晃脑袋，唉，谁叫我喜欢您呢？

我走到他跟前，他递给我一支烟说，马革儿怎么样？闹吗？我说，我听话就不闹，你有事儿说吧。你怎么知道我住哪？他说，一两句话说不清楚，咱们找地方坐一会。我说，站这说吧，一会她醒了找不见我，准得害怕。小旗把头抬起来，看着我说，哥，生死攸关的事儿，占你两三个小时，弟弟我一辈子记着你。他眯着眼睛，有点淌鼻涕，手里攥着烟，就让它着着，衔着长长的烟灰。我仔细一看，他的羽绒服里穿着睡衣，脚上没穿袜子，露着两个脚脖子。我说，去哪？他说，四得公园吧，安静。我说，我下午刚才从那回来。他说，我知道，所以咱们去那，都熟。半路他去超市买了一瓶混合型的威士忌，要了两个纸杯。我从来没在晚上来过四得公园，这个点竟也不是一个人没有，有一个看不清岁数的人站在球场中央里颠球，戴着帽子和口罩。颠得不好，一会一掉，但是很执着，又用脚勾起来颠，颠不好的原因主要是身上不协调，手向外翻着，球都不转。球一旦不转，就像石头一样不好颠了。我隔着网子看了他一会，很想跟他说，颠成这样是不值得买球鞋的，还不如在公园里跑两圈。看着那肥鸭一样努力的双手，我当然不会说。我和岳小旗并不熟，就是在一个所谓电影人的球队踢球，见过几次，他踢得不错，人又客气，踢完球随众一起喝过几次酒，私下里从没单独见过。还有一个交集是都是东北人，他家在长春，我是沈阳人，喝酒时有时候盘道盘道东北的事儿，比别人亲一点。听说您混过黑道？他问。我说，不算，都是小时候的事儿了，跟他们拍过币子机。他说，沈阳我去过，好，没灾没难。我爷围城时饿死了，嗨。

在长椅上坐下，我说，说吧，你怎么知道我住哪？这条长椅我经过很多次，从来没有坐上过，上面大多时候坐着穿运动鞋的老人，自己带的屁股垫儿，面前是一眼水泡子，名曰四得湖，背后是草丛。他说，问的。我说，嗯，你怎么知道我媳妇叫马革儿？他说，顺便问的，你媳妇怀孕的事儿是我从你朋友圈看的，你对她真好，轻拿轻放，惯得厉害。我说，说远了。他说，我问个问题哈。我说，你问。他说，我们不怎么熟，我知道，我脸大，但是你为啥跟我来呢？我说，你不说是生死攸关的事儿吗？他说，生死攸关也是我的事儿，不是你的事儿，满大街的人可能都有生死攸关的事儿，地铁里抱着孩子唱歌的，甭管真假都看着生死攸关。我说，哥们，咱们熟还是不熟没关系，相互有个起码的尊重，我对你印象不错，也是半个老乡，所以我就从楼上下来了，你要是喝多了闲着没事，你可以上大街找警察玩去，我就回去陪马革儿了。他递给我纸杯，说，我也想过找警察，但是我想先问问你的意见。你要多少？我说，你给我倒一杯底儿吧。他说，好，你先暖一暖。是不是太甜了？我说，你说事儿吧。他说，再给你倒点，喝不喝没关系，我就见不得别人的杯子空。这回他给我倒了半杯，给自己倒了多半杯，然后一口喝了。他说，我吧，小时候练田径，没念过多少书，但是我有一本领，从小啊，就有一本领，就是谁靠得住，谁靠不住，一眼就能看出来。哥，我觉得你靠得住，我第一个就想到了你。别看我在北京混了十几年，今天晚上除了你之外我一个人都想不起，我想起了我小时候田径队的一个队友，比我矮一点，磕巴，练得比我好，每次打架都挡在我前面。后来教练让他推杠子，把腿上的大筋推折了，就再也没见过这个人。你和他长得可像了，我第一次见到你就想跟你说，你们俩说话都像，但是你不可能是他对吧。我说，对，我不是他，我是文化人。他说，是了，你不是他，你们俩讲话时的表情很像，但是讲出来的话完全不一样，你比他能装。哥，我刚才在家里跟我媳妇打了一架，我不小心把她打死了。我站起来，说，你别开玩笑。他说，我有两个孩子，一个男孩儿，一个女孩儿，女孩儿六岁，男孩儿四岁，现在他们都睡着，睡在一个两层的木头床上，男孩儿睡下面，女孩儿睡上面。说着他从怀里掏出一把青铜匕首，古色古香，柄有两寸，刃长一尺，没有血迹。他说，这是有一年我在西安拍戏，朋友送我的，真东西。别害怕，我不是用这头攮死的她，我是用这柄把她敲死的。他用手指了指，把柄在手掌心一打，就这么，啪，十环。我抬头看了看四周，不是全黑，景物都在半明半暗之间，因为远处的楼有光，一个个硕大的招牌，由楼肩扛着，向更远处延伸过去。我把手放在他肩膀上，说，小旗。他说，哎。我说，谢谢你信得过我，你先把这东西揣回去。我陪你去派出所，夫妻之间打打闹闹，手重了，咱们跟警察说一下，过失，我帮你找找人儿，没什么大事儿。他抬头看了看我，站起来，一挥手，把匕首扔到了草丛里，说，我不去，我要是去派出所，自己开车就去了，来找你，就是没这个打算。哥，我不是不想偿命，是有一肚子话，跟警察说不上。

这时我的手机响了一声，我划开看，是马草儿的微信：

你在哪呢？

岳小旗又把纸杯倒了半满，说，你先回，我不急。

我回说：

不远，一个朋友来了。

发出去后我撤回，又重发说：

不远，一个老同学来了，急事儿，你先睡，宝贝。

马革儿说：

什么时候的同学？

我说：

初中同学，多年未见，非得找我说两句，男的。

马革儿说：

好，你聊吧，我不困了，我写点东西。你那张CD在哪？就是那张你帮我把村上提到的音乐都刻在一起那张？

我说：

在小屋右边那个床头柜的抽屉里，音响的碟槽有点不太好使，不行你就用手把它拽出来。

她说：

好，我肚子里的朋友很安静，你不用担心，要是喝酒的话你就把单买了，别让人家花钱。

我说：

先看看花多少钱，写吧。

夜晚也有霾，我看不见，能感受到。它们在我的肺里，使我的肺泡感觉到寒冷，它们依着于我的眼白，好像头皮屑。我在回想我是怎么下楼，看着他买酒，来到这里坐下，喝了一点，我为什么要这么做呢？我也在回想岳小旗到底是谁，不是我的兄弟姐妹，也不是我的至爱亲朋，他曾经给我传过几脚不错的直塞球，有的我踢进了，有的我踢到了球门外面，我向他竖起大拇指。他是一个笑嘻嘻的中场球员，一个视野不错的左撇子。

我转过头对他说，尸体现在在哪？他说，嫂子着急了？我说，你不用管这些，尸体在哪？他说，在我的后备箱里，车子就在公园门口，刚才我们经过了。我说，所以，是过失吗？他说，打她是故意的，但是打死她是过失。我说，你过去想过打死她吗？他说，想过。我看了看他没说话，他说，但是没想这次打死她。我说，你外面有人？他说，没有，我们结婚七年，我没睡过别人，一次都没有。我说，你身体有残疾？他说，这个我不吹牛逼，肯定比一般人好使。我说，遗产？他说，没有，家里的钱都是我挣的，她父母都是下岗工人。我说，那你为什么要杀她？他说，是过失。我说，我的意思是你为什么想过要杀她？他说，我们是在长春桂林路长大的，你知道桂林路吗？我说，不知道。他说，挺乱的一个地儿，这么一算，我们都认识了二十五年了，真吓人，那时候大家都在路北的一个旱冰场溜冰，我就是在那认识的她，她溜得特好，玩长龙，她都在第一个，我就往前挤，挤到她后面抱着她的腰。有一次她回头跟我说，怎么老是你啊？我说，我叫岳小旗，十一中的，也是田径队的，我们礼拜一发了牛肉罐头，你要不？她说，我不认识你，凭什么吃你的罐头？我说，这不就认识了吗？你叫什么？她说，我叫杨不悔。我说，杨不悔？她说，杨不悔你都不知道是谁？我说，不是你吗？她乐了说，你家有电视吗？我说，有，但是没有有线。她说，你也不看书？我说，我想看，一看就困，我挺爱看的。她说，杨是姓杨的杨，不是就不的不，悔是后悔的悔。扶稳了，现在来一个大甩尾。她使劲往冰场的边缘滑，然后一个急转弯，跟在后面不太会滑的，好几个直接飞出去，就好像一条鞭子的梢，甩在墙上了。

岳小旗一边说着，一边站起来做着溜冰的动作，在黑暗中他双手扶着杨不悔的腰，歪着脑袋跟她说话，急转弯时他脚下踉跄了，但是没撒手，挺过了这个弯，后面就轻松了。

我杀她是因为，她生了病，岳小旗从冰场回到椅子上说。我说，什么病？他说，起夜。我说，怎么讲？他说，开始的时候，是半夜起来上厕所，上很长时间。早晨我起来一看，她已经坐在马桶上睡着了，手里拿着口红。后来是半夜起来贴照片，把我们从认识到现在的照片都贴在墙上，然后就睡在地板上，第二天一问，全都不记得。我说，真不记得？她说，不记得。我了解她，她不会撒谎，再后来就是出门去火车站，也不知道要去哪，就在火车站里走来走去，见人就问，看见左使了吗？我说，左使？他说，是，左使。我说，恕我冒昧，她出门穿衣服吗？他说，穿得很整齐，但是有时候会穿错，有一次她戴着女儿的围巾，徒步走了五公里，非得要爬到安检的机器里去。你把这点喝了，你看，都渗进杯子里头去了。

手机又响，我站起来挪开一步，划开看。

马革儿：

黄侦探发来传真，他又在新疆、山东、西安、四川找到十六个受害者。笔录完备，有的是网友，有的是卖淫女，有的是老同学，其中有五人丧失了生育能力，有人高烧之后左耳失聪。作案者今晚刚刚开口说话，晚些时候黄侦探会通过内应把口供的大意发给我。我这个小说的核心部分就有了。我想喝一杯。

我看了一眼手机的右上角，现在是一点十分。

我说：

一杯红酒。

她说：

成交，你们在哪里？

我说：

一个 bar，很安静，快打烊了。

她说：

你们聊什么？

我说：

没什么共同语言，都是过去的事儿。有一次班级联赛,他进了一个乌龙球,哭了一下午,类似于这种事儿。

她发了一个拥抱的表情,和尚一样的小人,两颗睾丸一样的绿胳膊。

岳小旗到草丛里尿了一泡尿,我拿起酒杯给自己倒了小半杯,一口喝下,又给自己倒了半杯拿在手里。我在脑子盘算着一件事情,如果这一瓶喝完了,附近还有哪里能买到酒。

他把自己抖擞了一下,走回来,用手指了一下说,那边有人踢球。我说,是,半身不遂。他说,也许颠颠球会好一点。经我回忆,我媳妇这个病因还是跟我有关。我说,为什么跟你有关?他说,有一次睡觉,我在她身边打手枪被她发现了。我想了一想说,不懂。他说,我也不是故意的,闲着没事儿,有时候一晚上打三次,实在是闲的。我说,自力更生不求人,饿死也不吃美国粮,是这意思吗?他说,哥,我给我太太包了一层塑料布。我说,为啥?他说,她很爱干净,冰箱里的东西她都用保鲜膜包上。我带她去看过医生,医生说她什么毛病没有,比我还健康。她知道自己出了毛病,想方设法不让自己睡觉,但是人总要睡觉,我也得睡觉,我有两个孩子得养,白天得工作。我说,你想没想过把她锁起来?我是说睡觉的时候。他点头说,当然,结果她弄瞎了自己的一只眼睛。弄第二只的时候被我发现了。后来我想明白了,我也不开工了,晚上陪她溜达,有一天她走累了,可能也就停下来了，过去没转过这个弯，损失一只眼珠子。

一只流浪猫大摇大摆从我们面前走过，姿态优美，顾盼生情。丫找伴儿呢，岳小旗说，他把烟头一弹，火花飞溅，猫灵巧地躲过，颠着小碎步沿着湖边跑了。那个颠球的人在休息，蹲坐在地上喝水，一条腿平伸出去，用胳膊压着。

她最远只到过回龙观，岳小旗说，她夜里出门的时候谁也不认识，也不认识我，就是唱着歌一蹦一跳往前走。我说，什么歌？他说，儿歌。我觉得她也许是想家了，带她回过一次长春。她妈去世了，她爸和一个女的搭伙，看见她少了一只眼睛吓得不行。俩人没话，她很麻木，没什么触景生情，但是她一直偷偷给她爸钱花，我知道，假装不知道。我给她爸说，你给她唱一支儿歌，她爸觉得我有病，那次我把她爸打了一顿，回来了。他伸手把我的酒倒给自己一点说，夜里的时候她看着小孩，总是笑，这几年她不工作，在家带孩子，把两个孩子都带得很好，我儿子能背一百多首唐诗，你知道吧。我不置可否。她比我认识她时胖了三十斤，屁股那么老大，有几次她洗完澡出来，我看着她穿着三角裤衩，像一口锅一样。有一次我喝多了，她晚上出去的时候把我女儿背上了，我找到她们的时候，她们俩正在马路中间藏猫猫。我把女儿叫到身边抱住，她说，她是你们家的？能再陪我玩一会吗？我们约定不能再藏在车底。那一天我下定了决心，不能让她活了。

我说，你也许可以把她送到精神病院或者疗养院，现在说这个都没用了。他说，让她再弄瞎自己的一只眼睛，或者咬断自己的舌头，或者晚上被几个精神病强奸？或者白天清醒的时候因为想孩子而发疯？哥，弟弟我没什么能耐，可能是我让她憋屈了，但是我能送她一程。他站起来，把手里的空杯子扔到半空，抬脚一踢，把杯子踢到了球场的铁丝网上。关于这件事，我女儿郑重地找我谈过一次。他做了几个高抬腿。她妈犯病时她五岁半，现在她七岁了。她跟我说，她想让妈妈消失。我说，你女儿？他说，是，她说她确认了妈妈已经不是原来的妈妈了，那就让她消失，换一个妈妈，反正陌生的妈妈都是一样的。我说，你问了你儿子的意见吗？他说，他愿意一直照顾她，把新的玩具给她玩，把她走烂的双脚贴上创可贴，但是二比一，他是少数派。

我看了一眼手机，发现马革儿在二十分钟前给我发了两条微信。

我做了几个假设，一是这个男人得了绝症，单身，妻子弃他而去，也许是睡了他的同事，他便觉得天下的女人都是娼妓。这种想法有点好莱坞，但是有时候现实生活会模仿艺术。另一个可能是，他极爱他的妻子，但是他妻子死了，他们两人没有子嗣，他便觉得他妻子这样好的人落得如此下场，其他女人更不配有孩子。不知你意下为何？

一定不止一杯红酒。每当马革儿喝多之后，她的脸颊会居中泛起一片红，如同《西游记》里兔子精围脸的纱巾，跟我说话也会客气起来，变得就事论事，似乎天下的事情都没有她现在要讲的道理重要。

第二条微信是五分钟后发来的。

黄侦探得到了第一份口供，此人结婚多年，有两个孩子，一个在美国，一个在上海，太太是一位放射科大夫，在世。无劣迹，两人经常晚间散步，周末去郊外骑行，他做饭，而且做得很好，杭帮菜。提审时他细讲了自己几道拿手菜的做法，之后再不开口。我决定以此作为小说的开头，他应该脱发，这是我的想象，需向黄侦探求证。小说宜做多线叙事，全知视角，铺向案犯和受害人，在中部汇集，下半部进入侦破和受审。若你有想法，可抓紧向我建议，一旦动笔就进入创作者的独裁。你面前如果还有一杯酒，我建议你不要喝下，每次都是恰好多一杯，克制是人间美德，对艺术和人生都是如此。

酒是一滴不剩了，目前的情况，我提出再换个地方喝酒似乎不妥，酒精在我身上缓慢地起了作用，我感觉舒适和疲乏，觉得一切都荒谬无稽，一切也都可理解。酒精在岳小旗身上起的作用有限，他还像刚来的时候一样，带着微醺的和善和充沛的精力。我说，弟弟，现在怎么办？你找我来到底要干吗？他说，我就找一个信得过的人说说，然后和我一起把她埋了，万一有一天我死了，还有一个人知道她埋在哪。我说，你准备埋在哪？他说，我想听听你的意见。你觉得就埋在这个公园里行吗？就顺到这个湖里？我说，我以后还得来踢球呢，别埋这了。他说，那就远一点，埋在顺义或者通县，我就怕不一定什么时候要盖楼，再把她挖出来。我说，我有个疑问，人没了，总有人要报警，她的朋友家人，你怎么解释？他说，她的病派出所是知道的，我就说她走失了。我们小区的业主和物业正在对峙，要把物业炒掉，这段时间监控全瘫痪了。我说，所以你选择这段时间动手。他说，我就是试了一试，没想到一击就中了，就好像当年要孩子一样。我说，你是一辆什么车？他说，斯巴鲁。我说，好，我去撒泡尿，回来我们一起找地方。你知道吗，你找我算是找对了人，东北人，兄弟一句话，十年生死两茫茫，懂吗？他说，哥，你慢点。我说，到时你别上手，留下指纹，让我来，谁能想到是我呢？你丫还真是聪明人，人群中多看了我一眼，就把我认出来了。实话说，这么多年我跟我原来那帮兄弟远了，我一直在等着这么一个机会，为谁出点力，你是真体谅我，真了解我，别动，容我撒泡尿。说完我走到草丛里面撒尿，气温大概降到了二十四小时里最低的时候，尿液零零散散撒到杂草上，好像短暂融化的雪水。二十年前我跟一帮人在街上胡混，经常闹到这么晚，有时候路上走过一女人，我们就过去护送她回家，边走边聊，送到胡同口，然后再回来坐在路肩上聊天。我不爱回家，我爸老跟我妈打架，动不动就把我妈打到医院去，我妈也有错，但是那又如何呢？我试过几次，打不过他，连他的脑袋都够不着，等我长大了，想废他的时候，他却自己病死了，君子报仇十年不晚，都是骗那些怂蛋的。尿完之后我猫着腰在草丛里找了一会，在一棵小树后面找到了那把匕首，我摘下围巾把刀刃包上，脱下鞋子用另一只手拿着，绕了个弯走出来。岳小旗背对着我，两只手肘放在膝盖上，好像在思索我刚才的话，我把刀柄对准他的后脑，脑子回想小时候给我妈捣蒜的姿势，伸手在自己的后脑摸了一摸，这时我的脑海里突然浮出我和马革儿结婚时的誓言，具体内容怎么也想不起来，只记得当时我们二人都哭了，哭得没完没了，司仪没有防备，以至于后面的程序都弄错了。我把匕首在手里掂了掂，然后一下打下去，啪的一声，岳小旗向前倒下。我把他翻过来，他还有呼吸，估计晕不了多长时间，我检查了一下他的后脑勺，骨头没碎，我把他抱上长椅，脱下衣服给他盖上，从他的衣兜里掏出车钥匙，我想了一想，把喝空的酒瓶放在了他手里。

那个人又开始颠球了，左脚右脚，球完全不听使唤，好像抹了油一样一次一次从他的脚上滑开去。我穿上鞋打开铁门走进球场，那人扭头看了我一眼，我这回看清了，是个十五六岁的少年，耳朵上戴着红色的耳机，脸皮嫩白，眉毛好像修过。球滚到我脚边，我把球挑起来，颠了两下，虽然喝了酒，但是平衡还没有完全失去，颠了二十几个，我踩住球，蹲下来，用匕首把球扎漏了。我把死去的皮球扔给他，打开铁门走了出去。

找车用了一点时间，岳小旗把车停得比我想象的远，在一条巷子里。我犹豫了一下，没有打开后备箱，直接坐进了驾驶室，这时马革儿又来一条微信：

黄侦探发来消息，案犯在审讯的间歇服毒自杀，用他藏在假牙里的毒药。没人知道他为什么那么干了。他到底做了多少起案子，也没人知道了。这个世界上不知道几个女人已经丧失了生育能力，而自己并不知晓。他恨女人？他按照什么逻辑选择被害人？这些女人曾经犯过错？他的手头有一册上帝给他的账本，他以此追索？我的小说完蛋了，我的下体渗出血来，这不是比喻，是真的，我不怎么疼，你不用着急，只是一点鲜血而已，我觉得我的一条肋骨，正在化作一个生命，他无知无畏，要汇入浑浊的洪流里。敬一杯给他，等你回来。

我发动了汽车，向着家的方向驶去，油箱是满的，副驾驶有一个红色的儿童座椅。斯巴鲁的油门有点软，我努力把它踩到最底。到了小区门口我把车停下，大概只用了三分钟，我从车上下来，围着车走了一圈，终于我鼓起勇气打开后备箱。如果里面是空的，我把马革儿送到医院，回头就去找岳小旗。一个女人穿着粉红色的睡衣躺在里面，周身围着透明的塑料，只有头颅露在外面。她双手交叉在胸前，脸冲上，头发散开，没有化妆的脸看上去好像冬天的草原一样平静，一只眼睛上戴着白色的眼罩。我长长地吸了一口气,像接生婆一样把她从后备箱里抱起,虽然她挺胖,但是重量比我想象的轻。要把她抱到哪里去呢?我忽然搞不清楚为什么要把她抱出来,她的身体还有温热,胳膊松弛地耷拉下来。我自言自语说,你要去哪呢?这时她突然猛吸一口气,一团污物从嘴里咯出来,鼻孔里淌出两行鲜血。她睁开那只完好的眼睛看着我,说,真好啊。我说,什么?她说,真好啊,这个冬天。你啊,她用手轻轻地刮了一下我的鼻梁,你就是永远不知道我为了走到这里来,用了多久,我不后悔啊。说完,她用尽了全身力气发出了雷鸣般的啼哭。

武术家

窦斗十五岁的时候父亲死了，在此之前他从没想过父亲有一天会死，结果那一天就真的死了。窦冲石是奉天五爱国术馆的馆长，1932年12月22日上午十点，他坐在武馆正厅里等待一位叫作桥本敏郎的日本武术家的来访。桥本敏郎在中国待了多年，主要工作是在各处与人比拳，他以日本剑术入拳，练了一套左偏拳二十四手，打起来好像一个脑血栓患者，半边胳膊下沉，一条腿老拖在后面，动作歪歪扭扭，手可及地，几乎未尝败绩。所谓右手为剑，前方指路，左手为索，老是搂你脚踝，你一碰他，他就顺势向左一倒，用肩膀去撞你磕膝盖，然后一骨碌爬起站在你后面。中国拳师都叫他左偏郎，后来把郎也去了，直接叫他偏左。偏左在日本不属于左派，也不属于右派，既没有军方背景，也不在民间组织里效忠天皇，就是一个国际主义自然人，来中国不为别的，只为找人打拳。

前天晚上下了一点雪，两个用人用条扫正在慢慢地扫雪，窦冲石在茶壶里续了点热水，看着，他感到有点寂窦。窦斗的母亲早亡，窦冲石一直没有续弦，一是没有时间，二是他信得过的人越来越少了。

窦冲石是个共产党员，但是几乎没人知道，即使是至交的拳师，也只知道他是一个天赋异禀的拳手，似乎生下来就应该练拳，然后开宗立派，然后开馆收徒，然后寿终正寝，灵堂上堆满各路人送的花圈挽联。窦冲石练的是八卦掌加满族摔跤，八卦掌是继承的他父亲，鞑子跤是从他母亲那学的，他妈是个满人，记了一套跤的口诀，背给了他，他后来一直琢磨，把这套摔跤的技法融到了掌里头，所以他的八卦掌起手是掌心向下，和一般的双掌承天大有不同。八卦掌本来就阴柔纠缠，加上有时候突然间薅你衣服，脚底下使绊，就变得更加难缠，所以他们都用一句奉天的老话称呼他，叫作粘夹儿。当然这是他小时候的诨名，等他名动奉天，甚至北平也有人知道他的时候，他已经甩掉粘夹儿的诨号，而叫作窦先生了。

窦冲石没有见过偏左，但是两人过去通过信，讨论过一些武术上的问题，不算有交情，只算有交往。窦冲石讨厌日本人，讨厌到什么程度呢？他讨厌所有日本人，不管是好的坏的，老的少的，原因当然跟日本人在他眼前的所作所为有关，另一个原因是他痛恨所有不请自来的人。但是他知道斗不过，所以不表现出来，隐藏得很深。他对日本武术很了解，所谓知己知彼，但是如果日本人上门切磋，他都一概好茶款待，然后拒绝。赢输都不好看。暗地里他给组织提供场地开会，也训练一些刺客杀手，但是自己从不亲自动手，因为他有家有口，虽有国仇，没有家恨，犯不着以武犯禁，拿自己的生命冒险。窦冲石是个情商很高的人。在通信中他知道偏左有很高的武术修为，也有文化，这么多年在中国口碑不错，得饶人处且饶人，没有给人带来致命的伤害，是个拳痴而已，但是他还是从不把对武术的真知灼见说与他。他从孔孟之道说到反清复明，从武林掌故说到儒释交汇，就是不谈实际的功夫。这天早晨他备好了茶和点心，也准备了沟帮子烧鸡的礼盒，坐在正厅的主人位上等偏左，背后是他亲手写的大字，左边是"冲淡"两个字，右边是"不斗"，包含了他和儿子的名字，其实窦斗的斗是念上声，意思是只有一斗的功夫才学，就可以了。

偏左上午十点如约而至，带了一个男孩子，男孩十五六岁，光头，极瘦，大冬天只穿一件灰色布裪儿，窦冲石以为他是独自前来，看见还有个随从有点意外，因为没有给人家备礼。偏左身穿深蓝色的中式棉袍，稍有点肚子，脖子上围着狐狸皮的围脖，脚蹬高腰儿的黑色牛皮皮靴，里面续的羔羊毛露出一圈白边儿，乍一看跟家道殷实的中国长者一模一样。两人寒暄之后，偏左用标准的中文说，窦先生，我早有耳闻你不跟日本人比武，其中苦衷我也深表理解，你在信里跟我兜了不少圈子，我也能理解。所以我今天来不是要和您过手，我所为只有一事，听说您手里有一册山影一刀流的剑谱,那是我们家的东西,我想拿回来。窦冲石说,先生说笑了,我是一个普通的中国拳师,怎么可能有您日本国的剑谱?偏左说,藤野少佐五天前死在南市场附近的胡同里,他是在下的不肖徒弟,从我这偷了这本剑谱逃走,因是军界中人,我拿他也没什么办法。这本剑谱记载的是一套邪剑,传为刺客所练,练成之后据说可以生成一个影人,若是男人,则影人为女,若是女人,则影人为男。影人有形而无质,无声无息,决斗时却可用剑偷袭,每杀一人,影人则得一点主人之内质,最后主人死而影人存,之后影人就遁入茫茫人世,无从辨查,所以我们称其为"移"。祖上不许我们练此移术,但是剑谱一直未被毁,因为确是精妙武术,没人舍得。我知道兄台和共产党过从甚密,藤野之死多少与您有关,这也没什么大不了,人各有志,我只是作为山影一刀流的后人,必须要把这套剑谱拿回来。作为交换,我向兄提供三百斤珍贵药材,兄可自用也可与于同人,药材现在就在大门外,望兄首肯。窦冲石用了很短的时间去思考,在他一生中很少有这样高强度思考的时刻,心知是个大抉择。剑谱在他手里,他也翻看了,虽有图画,可是重要的是心法,心法都是日本字,他不能理解,也没当回事儿,他并未想到这是一本如此重要的书,以为只是徒弟顺手从尸身上拿的,看来藤野是未及练,真是好险。眼前这个人光明磊落,和盘托出,而且这东西确是人家家传,应该还给人家，可是他是日本人，万一哪一天他回过味来，把这个东西传给日本敢死队或者刺杀团，遭殃的一定是中国人。况且一旦认了，就等于承认自己和组织的关系，不是不想磊落，是确实不能。窦冲石说，尊下所说种种，在我听来如同天方夜谭，我一生习武，为的是强身健体，往大点说是与天地相知，您所言的移术一我不信，二来我从未见过这册剑谱。我是普通市民，对政治从不感兴趣，更不可能与共党有瓜葛，我的所有弟子入门的第一课，就是我教他们什么叫不党不群。谣言止于智者，先生的故事今日可以收束在此。

窦冲石说完，扬手示意看茶，坐在偏左下首的男孩突然跳起，两步蹿到窦冲石近前，伸手抓住他的衣领说，拿来！窦冲石纵横关外二十载，从来没让人抬手就抓住衣领，其动作之快，如同子弹。窦冲石处乱不惊，不去拿他的手腕，而是以身带掌直点他的腋下说，少侠喝茶。少年向后一弹，跳出两丈站定，从背后掏出两把短刀，长约一尺，宽约两寸，双刀一碰，说，拿来有用！窦冲石从椅子上站起说，我确实没有。少年再又欺身而来，这次窦冲石有所准备，避开他左手的刀，伸双手掌心向下拿他手腕，他这一套八卦掌法，只要让他摸到衣服边，就很难脱身。这时他只听到偏左一声大喊，莫要无谓结仇！只见少年的身边突然出现一个等大的女子，穿红袄，梳两个圆形发髻，也使双刀，从侧面向窦冲石扑来，窦冲石说，难道真有妖术？他向后急避，没想到少年此时已经转到他身后，一刀斩下他的头颅，女子咯咯一笑，把头颅一踢，直踢到院子边的雪堆里了。

窦斗到家时，父亲已死，凶手也已逃走，除了父亲，还死了一个想要拦截他们的老用人，被双刀在前心穿了两个窟窿。两担子药材摆在家门口，可是谁也救不活了。家道迅速败落了，他是独子，如今父母双亡，家产被几个年长亲戚瓜分，有一家叔嫂较好，给了他一根金条，让他自寻生路。窦斗自小学过一点武术，但是他兴趣不大，他的兴趣在于读书，窦冲石也尊重他的选择，没有逼他继承家学，毕竟还有不少徒弟可以教，而且武术之道，总有危险，也毕竟不是新社会的主流。另一个在场的用人看见了比武，也听到了关于剑谱的谈话，但是对其中意思不甚了了，一会说来者是两个人，一会说是三个人。变卖家产时在窦冲石的藏书中并没有找到这本日本剑谱，书房已经被人翻得一片狼藉，想来是被人拿走了。窦斗掂量了一下目前的处境，在奉天已经没什么意思了，反正家已经没有，在哪都是一样，虽在热孝之中，他还是打点行李，坐火车来到北平。北平有不少大学，他想勤工俭学，以后靠知识混饭吃，他在奉天读到高中二年级，努力一下也许是可以考上的。

从北平火车站下车，他在月台上买了一只烤红薯吃，冬天里的红薯特别甜，窦斗吃完一个，又买了一个。他忽然想起母亲,他对母亲的印象已经模糊,只记得她手里常拿一只大花碗,里面盛的是给他吃的东西。父亲一生都在忙碌,时而打拳,时而伏案,他不敢去打扰,在他记忆里,他主动找父亲说话是极少的,都是父亲把他叫到近前,问一些课业的情况,然后指点他几句,通常都是他能够想到的。他拿着红薯向着出站口走,一个戴黑色礼帽的男人手拿一张报纸碰了他一下,他的红薯差点掉在地上,男人说,不好意思啊。他缩了缩脖子没敢答言,男人说,你来北平做什么?他小声说,来念书。男人说,哦,你不想报仇吗?他吓了一大跳,抬头看男人的脸,见方的下巴,留有八字胡,右边眉毛上有一条竖着的伤疤。男人说,窦先生是我们的同志,因为怕给你们惹麻烦,我们没去祭奠,万望海涵。窦斗不想和他说话,想赶紧从月台走出去,他嘴里说,没事没事,迈起步子快走。男人拉住他的胳膊说,别忙,窦先生身死多少和我们有点关系,这是我们的一点意思,聊表心意。说着从兜里掏出两封大洋,交到窦斗手上。窦斗说,我不认识你,我不能收。男人说,我和令尊共事多年,我对他的人品功夫都极为敬仰,虽然他不是彻底的信仰者,但是他所做的贡献却是相当实际的。关于报仇一事,我们已经开过会,决定无论多么困难也要实施,你不要担心。窦斗说,我不想报仇,如果你们有这个打算是你们的事情。男人说,为什么?窦斗说,我们家里已经决定了,一是按规矩,对方不是靠人多取胜，让人打死了是没办法的事情，二是我不会武术，即使会也打不过人家，我爸都输了，我再练三十年也不行，他说到这里停顿了一下说，我还有别的追求，不想这辈子就琢磨这件事。男人说，你有什么追求？窦斗说，具体我还没想好，我到北平来就是要把这件事想清楚。男人说，你说的也有道理，我也不强求，但是因为对方是日本人，这个仇我们还是要报的，就算有一天他跑回日本，我们也要追到日本去。说着他从怀里拿出一册线装书说，这个给你。窦斗说，你一直给我东西，我说了我不要。男人说，日本人那天就是来要这个剑谱，我们商量了一下，决定把这个剑谱归还给你。窦斗说，咦，这东西怎么会在你手里？男人说，你家那个用人，唯一的目击者，是我们的人，这件事令尊也不知道，他看见两方相斗起来，就抢先一步把剑谱藏了。窦斗说，老金，你们的人？男人说，对，他在你家十年，十年都是我们的人。令尊为此身死，这个东西你还是要收下。窦斗说，你们留着不是更有用吗？你们不用开会讨论一下吗？男人说，我们用不着，鉴于令尊的经历，我们以后都用手枪了。窦斗还想说什么，男人已经把大洋和剑谱都塞到他怀里，扭头快步走了。

　　窦斗这就在北平住下了，住在北京大学旁边的一家旅馆里，包了一间屋子。他有一根金条和两封大洋，在这过个一年半载是没有问题的。给老板现钱的时候，他才知道这些大洋是多么有用，北平不比奉天，百物昂贵，连一个灯泡都比奉天贵一倍，想想那个方脸男人，还真是他爸的好同志啊。时候已经到了1933年的元旦之后，因为北大正在放寒假，所以里面的学生不多，他去逛了几次，真大啊，像个大公园。住了三个礼拜，他上午在房子里看书，下午去逛旧书店，天气好的时候，骑个自行车在胡同里瞎转，故宫里没有了皇上，总统府也没有了军阀，蒋委员长的老巢在南京，北平是一方文化之地。窦斗看报纸知道，日军已经攻破了山海关，他吓了一跳，几乎怀疑日本人是追着他来的，第二天的报纸又说，傅作义将军发表声明，不会让日本人再前进一步，他们已在长城布防，配以德国造的机枪，北平市民可以安枕无忧。窦斗才想起来长城他还没去爬，看来一时是没法去了。寒假过后，北大复课，一切都像过去一样正常，校园里的男女学生好像清风一样干净，窦斗忽然明白了一点，北平人不知道日本人什么样，也从没想过自己落在日本人手里，不像他这个从奉天来的，自小就学了日本语，街上遇见日本人都贴着墙走，他是很关心时局的，每天买三种报纸看，这一点上他自信比大部分北平人成熟。

他开始到北大旁听各门课程，想选个适合自己的专业，来年参加入学考试。听了一个来月，他确认了自己过去的想法，他要考北大中文系，之后干什么还不清楚，但是至少想做一个文化人。不过有一点窦斗是一直保持着从小的习惯，就是每天早起去湖畔站桩，这是窦冲石唯一留给他的玩意儿，他不想丢了，而且他发现站桩有利于学习，早上站一会，一天神清气爽，看书不累。八卦掌和鞑子跤都没站桩这个东西，但是窦冲石觉得站桩能够养心养眼，所以早年间用几手八卦掌换了一套站浑圆桩的法门。那本剑谱他根本没有打开过，一直包在一件过冬的皮袄里头，藏在柜子紧里面，以他的判断，武术家的东西迟早要消亡，就说他现在的生活，和过去在家里好像完全两个时代，北大的老师讲的是民主和科学，武术和这两样都一点不沾边了。

虽然旅馆也包伙食，但是因为手头不是特别紧，窦斗有时候自己也改善一下生活。这天晚上他在附近吃了一屉烧麦，两张馅饼，往旅馆溜达。到了旅馆门口，发现围了一群人，一个和他年纪相当的小姑娘正在练把式，女孩穿着一身儿红，梳两个鬏鬏，系着红头绳，浑身上下只有一双鞋是白的，雪白，往空中一踢，好像肉团团的雪球。他看了一会，以他粗浅的武术知识，知道打的是极普通的六合拳，只是因为身段柔软，所以煞是好看。女孩练了一趟，把汗一擦，双手抱拳说，献丑献丑，小女子到贵地不是为了挣点散钱，其实是为了寻我失散了的哥哥，我哥哥长脸大眼，常年穿蓝色布衫，我们俩一起来了北平，一天早上起来他就不见了，他武艺高强，擅使双刀，说着从包袱里掏出两把短刀，就这么一样两把刀，我想他也没什么别的挣钱的本事，可能也跟我一样，只能卖点武艺，如果哪位看见了，一定好心相告，小女子感激不尽。众人看女孩不练了，就陆续散去，窦斗也踱步回了旅馆自己的房间，洗漱完毕，上床看书。晚上大概十点钟光景，他关灯睡觉，刚一睡着就开始做梦，他梦见家里着了大火，厨子用人都往外跑，只有他爸还在火里，他扯着嗓子大哭，喊爸，爸，窦冲石灵机一动，一跳跳进了院子中央的水缸里。等火烧完，他跑到水缸边去看，窦冲石已经不见，水缸里漂着一张信纸，上面写着窦冲石给他的遗言：没出息不要紧，一天三顿饭要吃全，切记切记。他想起今天中午忙着逛琉璃厂，少吃了一顿，心下内疚一下醒了，他发现一个五十多岁的中年男人正坐在他的书桌前看书，这可把他吓了一大跳，在被窝里没敢出来，也没敢吱声，他闭上眼睛又睁开，男人还在，他才知道不是梦。男人发现他醒了，转过头说，做噩梦了？窦斗说，你是什么人？男人说，不好说，简单说来，我是你的仇人。窦斗说，你是偏左？男人说，正是。你这本剑谱是哪来的？窦斗说，这我不能说。偏左说，想来是共产党给你的，确实是货真价实的剑谱啊，一页不缺。窦斗脱口而出，那你赶紧拿走啊。偏左笑说，你倒蛮大方，和你父亲性格完全不一样，这个剑谱在我手里二十年，我没看过，藤野拿到了手，但是没来得及练就死了，只有我那个小徒弟，小津偷练了，结果惹了巨大的麻烦，你说我要它有什么用呢？窦斗想明白了，一定是那个小津杀了他爸，他说，小津在哪？偏左说，小津已经没了，今天你看到的那个女孩，就是小津。窦斗糊涂了，说，你这是啥话？日本人都这么说话？偏左说，一时跟你说不明白，你下火车，我就跟上了你，共产党也跟上了你，他们给你剑谱，其实是为了钓鱼，引我出来，现在这个旅馆的周围有不少他们的人，我来一趟不容易，所以长话短说。那个女孩叫津美，是小津的影子，小津没有了，她就是真身，可是她一直以为小津是她哥哥，所以一直在找他，她不能理解这其中的奥秘。她这样实在痛苦。剑谱的最后一页写了，所有影子最后都犯这毛病，他们隐入人海，一生都在寻找自己的真身，无休无止，所谓邪术，正是在此。说到这里，偏左长叹了一声说，我一生痴迷武术，不问恩仇，没想到到最后，还是不能得免，我要回日本了。窦斗说，那那个女孩怎么办？偏左说，实话说，她到底是个什么东西，我也不清楚，她的痛苦到底算不算得痛苦，我也不知道，但是有一点我是知道的，一般人是杀不死她的。窦斗说，为啥？偏左说，她是人形鬼身，换句话说，她是个鬼啊，只是她自己不知道而已。不过这剑谱的最后一页也写了，有一种方法可以消灭她。窦斗说，什么办法？偏左说，一句日本咒语，在她睡着的时候在她耳边念。日本语念作春雨のわれまぼろしに近き身ぞ，翻译成中文的意思是春雨细蒙蒙，我身近幻影。这句要用日本语念，念完之后，她就会意识到自己是鬼，然后化作飞烟。小窦，我本不想杀你父亲，我把这句话交给你，也算了了我一桩心愿，到底怎么办，你自己决定。说完，偏左从兜里掏出火柴，把剑谱烧了个一干二净，然后用手推开木窗，跳了出去，嗒嗒几声，不见踪影。

第二天窦斗就搬了旅馆，从北大的西门附近搬到了东门附近。几天之后，他在报纸上看到，著名日本武术家桥本敏郎在旅顺登船时，被人用手枪打死，桥本本能地用左手格挡，子弹穿过手掌，打中了心脏。行凶者跳海逃走，未能就捕。几个月之后，他参加了北大的入学考试，顺利考取了，成为了北大中文系的一名学生。毕业之时，炮声隆隆，日本人攻入北平，天津失守时他已离开北平，几经辗转，到西南联大给闻一多先生当了助手，主要工作是研究唐诗，其实所做工作几近图书管理员，闻先生要什么书，他便找来，有些书闻先生无暇看，他便先看过，然后提纲挈领地给闻先生讲讲。因为他懂日语，所以日本典籍方面倒是帮了不少忙。闻先生死后，他哭了一夜，第二天升任讲师，因为口才平庸，所以学生寥寥，课上半数人都在大睡，幸而那时西南联大较为宽松，兵荒马乱，他也一直这么待了下来。他一生不婚不娶，不求有功，但求无过，除读书教书之外，最大爱好便是站桩，随着年龄增大，越站越久，早晨站，晚上也站，过了四十岁之后，夜里边站桩边睡觉，睡得极香。站桩时，父亲的仇，闻先生的死，国家的离难，都与天地相融，觉得自己的身体也恍惚不可见，所谓庄子所言：吾所以有大患者，为吾有身。

及吾无身,吾有何患?

建国之后,他回到北京,进入重建中的北京大学任教,还是教唐诗,几次运动中,都未受冲击,父亲和老师都是烈士,历史再清白不过,无党无派,无名无权,停课时就回家看书,复课就按照课表上课。牛棚中关着不少大师,有时他做点饭给人送去,若是别人,可能还有点问题,见是他,也没人说什么,知道他为人比菜汤还要清淡,完全是人道上的考虑,绝无别的意思。1969年冬天,北大里突然出现了不少告示,上写着:寻一武术家,年约五十岁,常年穿蓝色布衫,使双刀,爱动武,说中文有日本口音。早年曾去东北,后在北京大学附近失踪。知情者请与某某办公室联系,知情不报者经查属实,严惩不贷。窦斗在告示前站了半晌,低头走了。第二天他包了点饺子,送去牛棚,见一大师将饺子直往喉咙里送,便问道:您听说学校最近的告示了吗?大师掬了一口气说,知道,寻武术家。窦斗说,我看上有红头,是个啥意思?大师小声说,听说找人的就是那位权倾朝野的女人,早年把她哥弄丢了,莫当事,也许是更年期紊乱,让她找吧,比闲着弄别的好。窦斗点头,把饭盒收了走了。

转过年来春节后,权贵女人要来北大看戏,戏里有文有武,武占百分之七十。窦斗跟院里申请,想看这出戏,他极少摆资历,这次倒用了,说想坐在前排,看得清楚,院里向学校汇报了他的要求,学校把他重新简单政审了一下，批准了。这天早晨，窦斗在湖畔站桩，站到中午，他睁开眼睛看了看远处，奉天已叫沈阳，怎么眺望也看不见了。他想起小时候父亲教过他一套简单的八卦掌六十四手，没有复杂变化的那一种，只有六十四个姿势。他以为他早忘了，可是一练起来，发现记得大半，他就打了下来，中间忘记的就跳过。距离上次打这套掌已经过去四十年，打完之后，他出了一身的汗，庄子所言的无我已经不可能了，他确凿地感觉到自己的身体，像温泉一样冒着热气。

晚上八点，戏开始了，他坐在权贵女人的后一排，女人头发花白了大半，梳着五号头，身板笔直，后背很少靠在靠背儿上，一看就是练家子。中间的时候一个使双刀的武生跳上来，和人打斗在一起，窦斗听见女人跟身边的校领导说，这人不行，刀还在胳膊外面，没练到里头去。到了戏的后半段，文戏多了起来，女人的身子轻轻晃了几次，终于在一大段唱词中间睡着了。窦斗从自己的座位上站起，哈着腰挤过一条条腿，到了女人的身后，他伸着脖子在女人耳边轻轻说：春雨のわれまぼろしに近き身ぞ。女人旋即醒了，回头看他说，原来如此，你这个狠心人，真是苦了我啊。话音刚落，女人化作一缕飞烟，被人群的热浪一鼓，到了戏台上盘旋了一圈，然后踪迹不见。

Sen

一

侯森查验了一下英千里的枪伤，发现子弹是从左肋部打进去的，然后擦着脊柱飞了出来，他不敢相信英千里中枪之后还跑了将近五百米，从人群中逃走，然后登上了那辆接应他的黄包车，坚持了大概六七分钟，到了他的诊所。不过因为子弹没有残留在体内，所以只要止住了血，他应该没有什么生命危险。英千里来时还跟他开了一个玩笑，说自己的血蹭到了好几个人身上，他边跑边道歉，说只要用温水是可以洗掉的，说完之后他可能意识到自己要死了，皱着眉头想说几句遗言，他说，主啊，其实……可是因为失血过多，遗言没有出口就已经昏了过去。现在没事了，救人是医生的本能，错不了的，侯森自己坐在诊所的前厅想，错不了的，暂时没事了。

英千里是侯森在英国留学时的旧相识，准确地说，是房东的儿子。房东是个英国贵族，或者说祖上是，而且极其喜爱中国文化，中国的丝织品和陶瓷第一次来到英国，这个家族就买了一些，越看越喜欢，后来陆续买了不少，开始是把一些订单交给买办，买办按方抓药，帮他们买回来。但是这种方式多少会有一些出入，你要的是鼻烟壶，他买回来的可能是大烟枪，你要的是乾隆官窑的碗，他买回来的是看不出年代的掉色瓶子，瓶子里面还有残落的花瓣。后来他们就亲自带着仆人来到中国，要知道即使买到假货，游逛，甄别，被骗的沮丧和发现宝物的喜悦，都是坐在家里等待送货上门无法比拟的。他们第一次抵达的城市是上海，时间是1842年，之后是1848年，1853年，1860年，平均五到六年来一次，一直持续到1900年闹拳乱，也赶上英千里的祖父病重，中断了大概十几年。等祖父熬得油尽灯枯去世，英千里的父亲接替父亲的喜好，继续定期来到中国，去过兰州、西安、北平、胶东。中间被抢，被骗，被军队挟持，被饥饿的倔驴扔在荒郊野外，老仆人染病而死，埋在了河南，年轻的仆人在和四川麻匪的交火中表现英勇，击毙对方三五人，后来不知所踪，不知是被对方抓去血债血偿还是心灰意冷就此逃走了。但是这些境遇都没有阻止英家持续地来到中国，直到英千里的父亲在1927年，也就是南昌起义爆发的那一年患了中风，这家天主教徒的中国之行才戛然而止了。侯森赴英时，这个家族已经衰落，原因之一是一家之主病倒，另一个原因是这个家族多年不事实业，沉迷于收藏和玩乐，已败絮其中。英千里是独子，爱好狩猎和看电影，父亲去世后，他变卖了父亲大部分的藏品，同时在世界各地游玩，因为藏品确实是多，所以他一直支撑到1939年。德国与英国开战的消息是他在日本酒馆里得知的，很快他就认识到自己不再是日本人的朋友，常跟他一起饮酒作乐的友人陆续登上了开往码头的火车，有一个跟了他多年的食客因为肺病无法参战，却在一次他喝多之后想要袭击和抢劫他，英千里击倒了他，给了他一点钱，然后决定离开日本，用身上最后一块玉佩换了一张船票，来北京投奔侯森。

侯森比英千里大十岁，按道理说英千里可以叫侯森叔叔，但是侯森叫他父亲 uncle，他成年之后就叫侯森 Sen brother，后来就叫 Sen。侯森生于奉天，父亲原是张作霖手下的军官，官阶不低，但是主要是研究军事策略，搞军事训练，基本没上过战场。侯森二十三岁时，本来要去柏林学铁路，因为奉军需要铁路方面的人才。日本人铺的铁路逐渐布满了东北，张作霖希望自己也能修几段铁路，至少把奉天辽阳周围的铁路掌握在自己手里，他多次表示希望听到自己造的火车碾过自己造的崭新铁轨的声音。在一个冬天的清晨，侯森的父亲因为驱策学员过厉，一个祖籍朝阳县的新兵夺其枪后，连开两枪将他打死，之后逃回宿舍，对着母亲的照片饮弹自尽。张作霖亲自接见了侯森，问他之后的打算，他的嗓音沙哑，看惯了生死，也保持着掌权者的谦虚。侯森表示想要改学医，并且不想再去德国，打死他爸的驳壳枪是德国造的，虽然彼时德国已经是国联行政院常任理事国，并且风传要与英美法签订《非战公约》，但是以德国人造枪的水平看，这个国家迟早还是要打仗的。张作霖应允了他的请求，同时想起来他过去见过的一个英国富人，在他还是土匪的时候曾经与他见过面，虽然开始并不十分愉快，但是后来成为了朋友，他还曾经向英国发出一箱古鸟的化石作为礼物，英国人回赠了一箱巧克力做的手雷，这是一个精致的英国佬玩笑，张作霖觉得十分有趣。于是他手书一封，把侯森送去了英国，他没有预料到，侯森到了伦敦之后，发现那个幽默的英国人已经卧床不起，再也说不出笑话，几年的英国生涯都是靠他自己打拼，他还顺便照料了他的孩子，充当了他的家庭教师和半个监护人。因为当时学医需懂拉丁文，英千里的拉丁文和中文都是侯森教，所以他的中国话带点东北口音。英千里成年之后，第一次出游，去了罗马，那时他的父亲已经接近弥留，侯森发现自己竟然产生了孩子离家远走的忧伤。

两天之后，英千里在夜里醒了，侯森正在书房看书，他走进了他的书房，坐在他的茶几旁，自己动手冲泡茶叶。侯森把书放下转头看他，他穿着白色短袖衫（其实是把长袖衬衫的袖子挽起，不过英千里极喜欢如此穿着，他的袖子没有放下来过，在侯森眼里就是短袖衫），腿上是麻布裤子，脚上是内联升的布鞋，这些都是侯森为他准备的，他身材高大，足有一米九，臂长胸阔，所以这些穿着都是他来之前定做好的。时间已经是北京的十一月，树叶枯黄，月满高天，冷空气像鞭子一样在院子里游走，但是英千里还是习惯穿他的特别短袖，他似乎不容易感受到寒冷，只要一动，脖子上就泛出健康的汗珠。侯森看着他蜷着腿坐在茶几边，用大手拨弄着小碗，不禁皱起眉头，这样一个巨人，他要怎么藏住自己呢？他无论走到哪里，占据的地方都太大了。你现在感觉怎么样？侯森说。英千里说，我现在的感觉很好，你知道我们十八世纪的时候人生了病要放血吗？我现在就感觉到放血之后的舒畅，而且身上多了一个窟窿，感觉比以前透气儿。侯森站起身来坐在英千里对面，虽然他是西医，但是在英国时也喝茶，这套茶具是他找人单做的，公道杯的材料是合成树脂，耐烫，上有刻度，一目了然，茶壶没做，单买的，据说是哥窑的东西，他的一个病人得救后想要送给他，他很喜欢，按照市价买了下来。他把茶壶挪到自己的身前来，又冲了一泡茶，他给英千里洗了洗杯子，倒上茶说，你认识那个日本人吗？英千里说，不认识，我在报纸上看到了他的照片，他的真人和照片是一样的。侯森说，有人指使你吗？英千里说，我被你逮捕了吗？侯森说，没有，你暂时是安全的。但是如果我能理解你的行为，对我们两个都有好处。你来投奔我，就是要干这件事吗？英千里说，不是，我是看到报纸的那个上午临时决定的。侯森说，大部分人看报纸之后不会去杀人。英千里说，是的，Sen，因为你只是在看文字，我看到的东西比你多，这个日本军官杀过很多人，大部分是中国人。侯森说，也许吧。英千里说，不是也许，是确实如此，他在上海时斩首过一个中国俘虏，女性，而这个俘虏是他的影迷，在他砍下她的脑袋时还说出了他的代表作。侯森说，影迷？英千里说，是的，这人战前是一个导演，拍摄过几部剑戟片，日本国内觉得他是相当有前途的青年艺术家。我在日本时看过他的戏，确实拍得不错，在一部戏里他还客串了一个盲人和尚，弹着一把琵琶。侯森说，你是一个英国人，这些事情和你有什么关系呢？打仗有时候就是要杀人，不杀人怎么打仗呢？英千里说，这不是战争的问题，这是我和他的问题，我也是他的影迷，曾经被他深深打动，当我在日本广播听到他把影迷枭首示众之后，我就希望他不要战死，让我遇到他就好了。没想到他在北京。但是现在看来砍掉他的脑袋比较难，所以我就退而求其次，杀了他就可以了。侯森说，这件事情你和你的上帝商量过吗？英千里说，这是我的私事，我不方便告诉你。你选择帮助我还是举报我呢？侯森说，我不能帮助你，我也不想举报你，我也不能请你离开这里，因为你一旦走出这个门，存活的时间会很短。我选择离开这里，你住的房间的抽屉里，我放了一点钱，我在上海有一些朋友，我就去上海了，你需要吃一星期的消炎药，如何吃我已经写好，和药跟钱一起放在抽屉里。我们就此别过，应该是永远不会见面了。

侯森连夜搬离了住处，因为他尚未婚娶，所以只身一人背着一个包袱走了，不过他并没有去上海，而是住进了两条街以外的一个旅馆。侯森认为自己比较了解英少爷，他不会撒谎，他为什么对一个日本导演产生了这么大的仇恨他无法了解，但是他相信他不会罢手，一定会再次行动，一旦他事败，是不可能活下来的，到时他就可以搬回去，继续当他的医生。夜里侯森对着孤灯，没有马上睡着，他想起自己母亲早逝，父亲意外身死，自己远渡重洋学医，归来后在北京开了一间小诊所，每天工作十几个小时，前两个月为了打开局面基本等于义诊，后来逐渐有一些外国人和北京上流社会的中国人来找他看病，他的医术严谨，尤其精于儿科，无论是多么吵闹和痛苦的孩子，到了他的诊室都会变得安静和顺从，他好像天生能跟孩子产生共鸣，不知道是不是他从青年时期就和英千里生活在一起的缘故，或者也许他现在已是孤儿，由父母携来的孩子看见他就会产生怜悯。英千里一周前来到时，是他近年最开心的时刻，虽然他知道这一天总会到来的，英千里迟早会来找他的，因为从小到大，每次英千里出了问题，总是呼叫他的，而他的生活怎么会不出问题呢？现在他们都是孤儿了，都远离了家乡，一个是混口饭吃，一个是尽情玩乐，两人聊了许多过去的事情，比如英父死时手里还拿着一个国画卷轴，比如他们曾去打猎，十几岁的英千里射中了一头驯鹿的肩胛，两人走到近前，发现那头鹿极其美丽，为了活下去似要吐人语，于是两人把它搬回家，英千里央求侯森给它做了一个成功的手术。他还给英千里弄了一辆自行车，两人骑车在胡同里瞎转，累了就到茶馆喝一壶茶，车轮碾过枯叶，茶馆里南来北往的人，他感觉不再是孤身一人，他甚至觉得英千里可以在他的诊所帮忙，或者什么都不干也行，他的收入是可以养活两个人的。日本人通常不会为难医生，只要他这么干下去，诊所会一天比一天好的，到时也会有女人爱他，到时英千里愿意干吗就干吗吧，他可以把诊所传给自己的孩子，虽然不会像英家那样成为几代的贵族，但是有一个手艺在身上，也不会像英家那样败落。日本导演？一个来中国打仗的日本导演？侯森百思不得其解，这次他没办法了，他不喜欢看电影，他对这类东西都不怎么感兴趣，一个是他没有时间，他三十几岁的人生里总是在忙着，另一个原因是他不相信虚构的世界，他的工作要求他崇拜现实，一根血管的意义超过银幕上所有活人假扮的尸体。

一个月过去，侯森等于给自己放了一个假，每天除了吃饭、大睡、散步，就是看报纸，等待着英千里被击毙或者被抓捕的消息。但是并没有，他看到的消息是日本军官山本真司在上次被刺之后，锁骨受了轻伤，现在已经恢复，参加了北京文艺界的一个联欢，在现场还表演了一段日本的能剧。闲适使他痛苦，过多的睡眠让他瘦了几斤。又过了三天，报纸上的新闻说，山本调离北京，开赴前线，具体去往何处并未透露。他便收拾包裹，回到诊所，发现英千里也已经离开，他留下的消炎药还剩下两片，英千里走时应该细致地打扫过，但是没有留下书信。他休息了一天，重新开业，无人来寻人，也没有人回来。半年之后，他装上一部电话，茶具也换了新的。又过了三个月，他雇了一个助手。

二

2013年从医学院毕业后，我违背了父母的意愿进入电影资料馆实习，主要负责整理影片拷贝和编排放映计划，2014年7月转为正式职工。2015年年初，我跟随孙鹤阳馆长赴日本开会，会议结束后，孙馆长提出要去拜访一些健在的昭和时期重要的电影人，包括导演，编剧，演员，摄影，灯光，大部分人拒绝了我们的访问，一是这些人已经多年不参与电影工作，辉煌已经过去，我们又没什么大来头，在他们看来无非又是一伙朝圣者，搞一点素材回去为自己增光。二是他们已经老得不成样子，能够顺畅交流的人没有几个，有些人即使活着也常年卧床，每天清醒的时间有限，和家人的交流都比较困难，更别说是采访了。有几个人答应了我们的请求，大多是亲属代为答应的，但是无奈要价太高，而我们资金有限，只好作罢。最后成行的只有山本真司一人，他和他的家人接受了我们的报价，虽然他已经九十八岁，不过神志清醒，身体健朗，有时还去当下年轻人的电影里客串一个角色，闲时自己骑自行车出门，在表参道的门店里有时会出现他的身影，他在试衣服，偶尔会忘记信用卡的密码，不过给他一点时间他就会想起来，因为写着密码的字条就放在他常年戴着的帽子里，店员都知道这件事，会尽量含蓄地提醒他。

我们到达山本家是一个下午，他安家在一个闹中取静的街区，在涩谷和表参道之间，是一个独栋的二层小楼。平时有一个四十五岁的保姆和他一起生活，照顾他的起居，他的版权事宜由他的大儿子山本英雄和儿媳代理。我们到时山本英雄已经站在门口，穿着黑色西装，身边是几株刚刚浇过水的植物，有鹭草和吊兰，老山本先生骑的自行车就停在植物旁边，擦拭得发亮，好像也刚刚浇过水一样。老山本在家里的客厅等待我们，他穿着白衬衫和黑色西裤，脚上是雪白的袜子，上衣的口袋里别着一支黑色钢笔，左手腕戴着一只金色腕表，同样金色的结婚戒指也佩戴在左手上。他站了起来，身高超过一米八，考虑到因为衰老人的身高会打折，在当年的日本他绝对算是罕见的长人。我们握手入座，保姆端上了茶具和点心。孙馆长是日本电影的专家，曾在日本留学，日语相当娴熟，我大学时辅修过日语，阅读和听都还可以，说起来比较吃力，只能说一些日常简单的，如果涉及电影专业方面，连贯性就差很多，所以我主要负责录音和记录。

孙馆长先礼貌地夸赞了住处和茶，然后表明了来意，采访是一方面，回去我们会在内部刊物和媒体上发表，另一个方面就是希望能拿到一些拷贝，在电影资料馆放映。因为放映是卖票的，所以可以按照一定比例分账。小山本早有准备，他拿出一份山本真司的作品列表，大概有两页纸，上面按照时间顺序明确标记了老山本作品现存拷贝的所在地。有的在电影公司，有的在艺术馆作为馆藏，也有一些在类似于我们的电影资料馆中。山本真司示意先不要研究这两页纸，他用手把纸推远了一点，然后问了我们通常是何种比例分账，孙馆长答说是五五分，山本说他想拿到八，同时伸出拇指和食指，比了一个八的数字。孙馆长表示比较为难，放映的场地和人工都是成本，还要交税，另外这还是首次在中国放映山本的电影，意义大于金钱，孙馆长也暗示，他过去也拿过其他日本导演的拷贝到资料馆放映，都是按照五五分账，已是约定俗成的规范。山本真司点点头，说，我比他们更好。孙馆长礼貌地笑了笑，没说什么。山本真司说，美国人已经达成共识，我比他们更伟大。他把拇指食指中指汇拢举起来说，七。孙馆长看了我一眼，然后说，山本先生，我个人非常喜欢你的电影，这点上我没有跟很多人达成共识。那我就自私一点，破坏一下规矩，六吧。山本真司浮过了一种不情愿但又得意的表情，他随后显露出耄耋老人的坦率，说，六就六吧，至少比五好。请你们吃一点这个太阳饼，是一个台湾朋友寄给我的，如果他们不阻拦我，我可以吃下二十个。请给我们上一点清酒。保姆得到小山本的首肯之后，拿了三壶清酒上来。

山本迅速地喝下了一壶，我不善于喝酒，而且从医学上来说，下午喝酒对身体伤害很大，就把自己的多半壶给了他，山本一边喝酒，一边用右手旋动着自己的戒指，好像可以增强他饮酒的快感一样。小山本有事先与我们告辞，走前他认真地与我们握手，希望我们有机会再来，然后叮嘱保姆不要让老山本喝得太多吃得太饱。他走时向老山本鞠躬，老山本嚅动着嘴唇，看也没看他一眼。过了一会他说，你们从哪来？孙馆长说，我们从北京来。老山本说，秋天的时候北京在落叶之中。我当年曾在日记里写过。北京的城墙非常碍事，但是非常美。这个年轻人，你一直没有说话，你会日语吗？我说，会一点。他说，你是北京人吗？我说，我不是，我来自一个东北的小城。他说，你会死在北京吗？我想了想，主要在想日语的"选择"怎么说，孙馆长说，你想说什么？我可以代劳。我说，如果我可以选择，我不想死在北京。孙馆长代我翻译完毕，老山本点点头说，是啊是啊。我差点死在北京，我被人打了一枪。我站在一个大学的操场上正在讲话，一颗子弹打在我的脖子上，那是一次相当远的射击，是一个相当不错的枪手。子弹出自一把韦伯利左轮手枪,第一次世界大战的英军用枪,一旦射程超出五十米,精确度降低很多。真是一个优异的枪手啊。我可以再喝一点你的酒吗?十分感谢。他逃走了,我活了下来,我们都是失败者啊。

斜阳的日照从落地窗进来了一些,试探着前进,一点点照在老山本的脚上。上学时我看过他的两部电影,都是战后拍摄的,内容都和战争无关,一个讲说书人招来了德川家的鬼魂,和鬼魂成为朋友,后又决裂,最终把鬼魂击败了,另一部讲的是一个杀妻案,具体情节忘记了。从我的角度看,他的电影有的有很大的瑕疵,但是里面旺盛的生之欲是别人不可比的,确实是个了不起的艺术家。老山本说,我们找到了拉他逃走的车夫,车夫说他们过去并不认识,他也不知道他要刺杀我,那人一直戴着口罩,没看到他的样子,但是他闻到他有一些狐臭,而且中文有别扭的口音,他觉得他是外国人。我们相信了车夫的话,然后把他杀了。他确实拉错了人,所以厄运就像乌鸦一样落在他的头上。大概是美国的间谍吧,我想。竟然看上了我这个级别并不很高的军官,真是品位独特啊,这时候说不定已经上船了吧。我恢复健康不久,我的部队就接到了调离的通知,在开拔两天前的夜里,我接到一封信,是枪手写来的,他为上次的偷袭向我道歉,希望能与我决斗。为了弥补他的软弱造成的过错,我可以向他先开一枪。决斗的地点是颐和园的十七孔桥上,时间是第二天夜里十点。我没有告诉部下这件事，第二天我写了一封信给家里，交代了一下如果我死了，一些家务事的处理，如果我没死，就当作没有这封信。第二天夜里，我穿便装出发，你是在做记录吗？我说，是的。他说，为什么？我说，我也不知道，我以为您希望我记下来。他说，我有一本日记，如果你愿意的话，一会可以给你抄录，我活不长了，我非常知道的，所以请你不要低头做别的事情。我把笔记本合上，他向我颔首致意，继续说道，我准时到了桥上，他已经在了，他比我还要高，是一个俊朗的西方人，在北京的秋天里，穿着中国人夏季的衣服，一件洁白的衬衫，袖子挽过手肘，脚上穿着布鞋。我们语言不通，我不知道他为什么要杀我，到最后我也没搞清楚，他的行事已经不像是间谍了。但是我们通过手势可以交流，我们都认为颐和园是很美的地方，他上桥之前在里面走了走，而我刚进北京时就来过。之后我们确定了决斗的规则，我站在十七孔桥南数第五孔，他站在北数第五孔，我可以先开一枪。真是个很有意思的人，我感觉到我回到了十几岁的时候，而他是我家乡的玩伴。你们没有参加过战争，在那个时候我活着还是死了对我的意义是差不多的，这种感觉跟随我很久了。

我的第一枪没有打中他，惊起了不少林子里的鸟，湖里的野鸭也赶紧游走了。我知道我的死期差不多到了，我忽然感到非常惊慌，以至于想跳到湖里。没想到开第二枪的时候他的古董枪在他手里卡住了，他说了一句什么，好像是向我表示抱歉，然后低头查看，我赶紧跑到他近前向他开了一枪，因为气息混乱，第一枪打中了他的腿，我又朝他的胸口开了一枪，这一枪要了他的命。他死得很快，嘴巴张着，喉咙里发出嘶嘶的声响，好像要说什么。他应该是在呼唤他的神，最后他发出一个音，是 Shen，我到现在也没有搞懂是什么意思，Shen，我回国后研究过一点你们汉语的发音，神，Shen，他最后为什么要用汉语呼唤神呢？我搞不懂。你们能明白吗？

我和孙馆长看着他摇头，他想了这么久都不明白，我们怎么可能在这个下午明白呢？

我把他推到了昆明湖中，我后来拍过一部电影，这次你们应该也会放，我移植了这个场景，只是没有发生在战时，你们知道那部电影吧？它使我在西方出了大名，我把 Shen 想象成了一个人，一个他的朋友，认识很多年的朋友，和他一样是保育院的孤儿。我可能受了点狄更斯的影响，谁知道呢？反正我就是这样的想法。你们再吃一点这个小饼吧，要不然我会全吃掉的，你们帮我吃一点好吗？

杨广义

1996年冬天,应该是年底,快到了元旦,厂里忽然起了一阵骚动,这骚动不是真动,是人的内心里起了波澜,这波澜不知由谁而起,一个传向一个,到了最后,连我这个十三岁的孩子也知道了。内容是,杨广义让人给了一刀。我听说是因为赵静知道了,赵静是我的邻居,也和我一样住在厂里,比我大一岁,她妈是五车间的出纳,她爸是保卫科的干事。她妈和她爸从不同渠道得知了此事,在饭桌上交换了信息,于是赵静认为确凿了,才告诉了我,因为她知道我迷杨广义,关于杨广义的一切我都知道。我当然是不能相信的,那是一个周末,赵静专程来我住的车间告诉我这件事,我记得她穿了一件黄毛衣,脖子上挂着钥匙,跟我细细讲着,其实也没有多细致,只是把她爸和她妈的对话背了一遍:她爸说,琴啊,杨广义好像……她妈说,我听说了,是有这么一个事儿。她爸说,你说说。她妈说,听说杨广义和人斗刀输了,让人在大胯上切了一刀。她爸说,这事不准了,不是斗刀,是偷袭,杨广义走在艳粉街东头,老窦头小卖部门口,买了一支冰糕,嘴里叼着冰糕,一手从兜里找钱,一个人跑过来,在他屁股上扎了一刀,然后跑了。她妈说,你听老窦头说的?她爸说,我听三车间窦鹏说的,窦鹏今天中午过来打扑克了。她妈说,你输了多少?她爸说,我没输,本儿齐,开始还赢着呢。她妈说,窦鹏一年到头不回家,他说的能准?你输了多少?她爸说,我赢了五块钱,路上买了盒塔山。赵静就学到这里,她说后面就跟杨广义没关系了。我当然还是不能相信的,不全信,但是也由不得多少信一点,因为在之前,我放学之后去厂里的澡堂子洗澡,就听见有人说这事,只是影影绰绰,没听全乎。看来或多或少,传说的形态有差别,传说的实质是一样的,几天前,不知是什么原因,不知是什么地点,杨广义挨了一刀。

杨广义原是厂里的工人,但是那已经是十年前的事儿了。后来他就成了刀客,不再上班了,不光是不上班,根本找不着人了。他父母也来厂里找过,他姐也来过,他在社会上娶的媳妇,一个乡下来的壮妇人也带着他们的女儿来找过,都是枉费工夫。听他媳妇跟厂里领导说,杨广义在1982年的夏天,出了一趟差,是下到村子里给农民修理拖拉机,这个售后维修是新兴事物,杨广义当时在厂子的维修车间就颇有点个(读"葛"),自成一派,但是技术不错,还爱搞个小发明,车间就派他去了。他去了三周,回来之后瘦了两圈,到家之后先空口吃了三碗米饭,喝了一凉开水壶的水，然后从怀里掏出一把短刀。他媳妇说是一把弯刀，大概一拃长，两边开刃，柄是木头的，有动物花纹。杨广义拿着刀看了半天，说了一句话：掌柜的，我学了一套刀。然后就把刀揣在怀里，和衣睡了。第二天一早，发现人已经没了，什么也没留下，就跟昨晚儿没回来一样。这是关于杨广义和刀唯一的见证者的口述，这十年间已经成为了关于杨广义的宪法，所以其他的传言都不能违抗这一段回忆。

之后厂里再没见这个人，厂领导和杨家人相互怀疑，都认为对方把人藏了起来，别有企图，到底有什么企图，两方也说不清楚。十天之后，厂子后身艳粉街街口的一棵老杨树，高七八米，直径六十几厘米，被人当中劈开，两部分连着根虚掩着，中间却能透出光去。人们围看半天，不得要领，若是给雷劈了，怎么着也得焦黑，杨树枝叶翠绿，宛若在生，事实上也确实没有死透（根据我后来所学的生物知识，树的营养主要是树皮给的），再说前天晚上也没下雨。十五天之后，厂门口扔了五只死鸟，都是麻雀，也是被人当中劈开，一边一只眼睛，一个翅膀，对称程度堪比镜像，刀口齐整，一看就是一刀所成。厂子有练家子，名叫陈皮，当然是外号，大名叫陈平，后来叫拐了都叫陈皮，陈皮是个装车的，为人老实，从不恃武凌人，只是一生气就爱拍桌子，木桌一拍，就折下一角。他把五只鸟捡回车间研究半天，宣布这鸟的状态绝不是科学研究所致，是有人趁鸟不备，直接劈为两半。陈皮说他听说古时有人练就神刀，大可劈虎，小可切叶，所用之刀却不比人头宽一寸，名曰手刀，意思是刀连着手，刀和手就是一把长刀，刀离手，刀就是一把飞刀。最后，陈皮说，是杨广义。大伙儿联系起原来的资料，恍然大悟，是杨广义啊，是杨广义。但是他要干什么呢？陈皮说，甭管他要干什么，我有一间平房，五十几平，在九路，我把平房给他，我拜他为师，谁见着他跟他说一声。厂长把陈皮叫到办公室，陈皮进屋站着，跟厂长说，您找我。厂长说，是，你他妈的是吃了屎是怎么着。陈皮说，我没吃。厂长说，那你胡喷什么粪？我明告诉你，昨天派出所和厂里保卫科联合开了会，给杨广义定了性，虽然这人没干什么，但是这人要抓，什么神刀？社会渣滓，公然触摸治安底线，你给他带话，我楼某人在一天，必须把他抓了，当初还把他当个人才，出去十几天就成了气功盲流，我抓他不是要整他，是要救他，你明白没？陈皮说，我不认识杨广义。厂长说，我不管你认不认识，你不是他徒弟吗？这事儿里有你，你现在就是民兵，今天起你晚上不要回家，我给你安排住的地方，你给我在厂里巡逻。陈皮想了半天说，那您给我配一根电棍，还有安全帽，关键是安全帽。

之所以我知道得这么清楚，是因为这位陈皮乃是我爸，那年还没有我，他心还野，过了几年，他也胖了，自小的功夫也荒废了，起因可能是这次谈话。之后他戴着安全帽在厂里转了两个月，当然是徒劳的，树和麻雀之后，杨广义没再露功夫，那间五十几平的平房他拾掇了拾掇，结婚住了进去，那是1983年年初，也没有我，我出生在83年冬天，我出生不久，我妈还没出月子，杨广义又有了动静。

83年夏天开始，市里出了一个纵火犯，此人在三个月内，放了六把火，烧了一个粮食局，一个锅炉房，两户人家（都在艳粉街），一个纺织厂的仓库，还有一台停在路边的警车。死了两个人，一个路过锅炉房的退伍军人，是盲目救火被炸死的，一个六岁的女孩，女孩是跟家人闹游戏，躲在了炕柜里，然后睡着了。警车最蹊跷，警车上本来有一个刑警，查的就是这个纵火案，车停在一个修车摊对面，他下去打听人，几分钟之内车就烧了起来，最后烧成了一副铁架子。案子的性质彻底变了，这是要反天啊？一时间全市开始抓纵火犯，警方在报纸上发布的通告写得挺简明，唯一确定一点，这人是有功夫的，飞檐走壁谈不上，但是至少是腿上不简单，因为被烧车的警察说他看见了一个人，夜里没看清身形，但是这人两步就上了树，然后跳墙走的。前后没用五秒钟。抓了两个月，没抓着，五起案子相互没有任何关联，看来放火单纯是爱好，死人确实是误杀。火倒是不放了，跟什么也没发生过一样。我爸后来说，当时警察来厂子好几次，找杨广义，厂领导被提搂到局里聊了好几次，找杨广义，确实找不着。

我爸还被叫去问了一下午，先是问什么时候拜的师，我爸说，这就叫做梦拉饥荒，当时一句豪言，现在成了一生污点。赌咒发誓不认识杨广义，本来就是不同工种不同车间，厂里有上万人，上班时候没说过话，后来更没接触，会点功夫，是小时候跟我爷爷学的，为的是强身健体，从来没出过手，最能的也就是掰桌角，其实是寸劲儿。警察后来又让把那五只麻雀交出来，我爸说，麻雀死了一年多了，早扔了，又不是什么了不起的东西，得泡在福尔马林里。这一句话，又让他多蹲了两天。最后签字，他在材料上写：不认识杨广义，若他是纵火犯，跟他势不两立，若是有缘相见，不惜一切代价将他抓捕。但是杨广义学的是刀，不是跑，建议警察同志再想想别的可能。我爸六十多岁的时候，还记得这段话，他说，我是讲实事求是的，老了讲得少一些，年轻时说话不过脑子，讲得多一些。

五天之后的早晨，是上班的时间，工厂大门拉开，喇叭里放起《东方红》，第一个到单位的是打更的老马，他昨晚就没走，早晨起来打开大门，掸水，用条扫扫地。大门口放了一个编织袋，老马拎了一下没拎动，以为是谁偷了工厂的配件，走得急掉了一袋，打开一看，大叫一声当场休克，后来的十几年里老马的嘴都是歪的，一直没能正过来。里面是一个人，被切成两半，还有一副白手套和一塑料桶汽油。不大一会，民警来了，打开看了看，把编织袋拎走了。袋中人二十一岁，男，无业，考了三年大学没考上，有人说是成分问题，政审没过，也有人说是紧张所致，三次都发挥失常。没练过功夫，但是腿奇长，肚脐眼之上只有一小块，剩下的全是腿。身高一米七五，只有九十斤。死因当然是刀砍，两边眉毛都没缺一点，被齐刷刷劈为两半，一半四十五斤。纵火案破了，接下来是杀人案。

这次假不了，一定是杨广义。杨广义不好抓，这是自然，半年之后还是没有动静，据说听见十二线那边放过枪，但是并无结果。有人在报纸上号召讨论，那时候还时兴讨论，杨广义算不算见义勇为？后来不了了之了，讨论归讨论，抓人归抓人，谁也不耽误谁。终于没有抓到。确实有见义勇为的性质，如果纵火犯不被正法，群众的生命财产安全还是受到威胁，只是手段过于残忍，在社会上产生了恶劣的影响，希望杨姓男子能够投案，法理和人情总有平衡之法。这是定论了。一个月内有十数人投案，有的姓杨也是男子，有的会耍刀，孔武有力，说服教育之后都放了，这事就算过去了。

也没完全过去，我爸还是受了牵连，这牵连不是过去那种，是新的形式。总有人到家里来找我爸，不拘于本市之人，天南海北，来的人都带着钱和礼，您是杨广义的徒弟？我爸说，我不是，我是装车的。来人说，陈师父谦虚了，这是一点点小小意思，帮我带给杨师父，让他保重身体，如果可能的话，你提一嘴是湖北林海飞。我爸说，赶紧拿回去，我根本见不到他。来人把东西放下就走了。还有人说，陈师父，我下岗了，厂长把厂子搞黄了，此人还有个情妇，我们的钱都让这烂货花了，你跟杨师父说一声，把他杀了吧。我爸说，你去马路静坐，找我没用，我不认识他。来人把厂长的姓名地址顺着门缝塞进来，走了。也有人来了，背着一条朴刀，说，来，我们比划比划。我爸说，我不会功夫。来人说，那你把杨广义叫出来。我爸说，我没地儿叫去，你们怎么就是听不进去呢？把你那破刀放下。来人说，我们比划比划，我看你学了点啥。我爸说，行嘞，我报警。

我妈说，那段时间我爸做梦经常喊，主要是两句话，一句是，我不是，你们聋了？黑猫白猫，狗啊我是。另一句说，杨广义，我操你妈了逼。

赵静脖子上的钥匙串哗啦哗啦响，之所以发出这种声音，是因为她一边讲一边跳，好像那话是水，一晃荡才有声儿。我说，不可能。她说，怎么不可能？我说，杨广义不可能让人扎一刀，无论是偷袭还是比试。赵静说，就是让人扎了一刀，厂里人都知道了，你还不信？我说，别人信我就得信？杨广义的功夫在那，只有他伤别人，别人伤不了他。赵静说，我开始也这么想的，但是老师说，干啥都得练习，也许这几年他没练呢？没练就得退步，骄傲使人退步。我说，他藏了这么多年，他要是骄傲，早出来了，他一定每天都在练刀，不但不退步，还得进步。赵静说，要不你问问你爸。我说，跟你说过多少遍了，他们不认识，我天天见他，还能有假？她说，万一他是装的呢？《无悔追踪》你看没？那瘦高个装了多少年啊。我说，他是你爸还是我爸？没事赶紧回家写作业去，咸吃萝卜淡操心。赵静又磨蹭了一会才走，她爸晚上又去打牌了，她怕她爸和她妈干仗。

晚上下班，我爸和我妈吃过了饭，我拿眼瞄他们，他们肯定知道了，只是谁也不提，吃过饭，俩人要去看我爷。我爷得了脑血栓，每个周末我爸和我妈都去看他。那间小平房动了迁，要不我们也不能住在厂子里，不过房子在我爷名下，他和我奶那时住在我二姑家，我二姑和二姑夫伺候着，所以周末我爸和我妈必去看，意思是我们没忘了老人，你们也别忘了我们，大家谁也别忘了谁。晚上落了雪，开始小，后来渐大，风也起来了，车间的窗户呼呼作响。我妈说，你别去了，还得驮你。我说，我想去看我爷。我妈说，他现在一共认识仨人，都是他儿女，我都是白去，你去干吗？我说，上次他就把我认出来了。我妈说，那是把你认成你爸小时候了，待着吧，回来早的话去秋林给你买两块方糕。我爸不说话，刷完碗穿上衣服，跟我妈走了。我从车间二楼的窗户看着他们俩把自行车推进雪里，逆风，俩人摇摇晃晃，终于骑上去，好像倒退一样往前走，终于骑出了大门，进了一片白雪花里，看不见了。

后来雪越下越少，有时候我听说，整个冬天只下了半场雪，稀棱棱的，还没超过汽车的轮胎就变成了雨，我妈给我打电话，总说没有雪，她和我爸觉得看什么都看不真亮。我说，我印象最深的就是96年冬天，下了一场大雪，我自己在家，特怕你们回不来了。我妈说，扯淡，什么时候把你自己扔家过？我说，有么一次，你和我爸去看我爷，就是听说杨广义让人扎了那时候。我妈说，没有的事儿，你爷最疼的就是你，不带你去，他得拿拐棍抡你爸。我说，那时候我爷不认识我了。我妈说，你爷谁都不认识，你一进屋就把你认出来，你姑还说，我们啊，端屎端尿，不如这个隔辈儿的小兔崽子。我说，嗯，可能吧，也许是我记错了。我妈说，你不是记错了，是你啊，都给忘了。

大概十点半左右，我醒来时看了一眼自己的电子表，我感觉车间里进来人了，车间空旷，但是在车间住了一年，我练就了一个本领，只要夜里车间进人，我准醒。我起来穿上套头的毛衣，从二楼的窗户往下看，雪已经停了，月亮照在厂中央的甬路上，好像一条无穷无尽的银河。人的脚步不算轻，一步步走上二楼来，我从文具盒里找出一把裁纸刀拿在手里，大拇指把刀刃顶到最长。我和我爸我妈分睡在两个杂物间里，他们的略大，用木板隔成上下两张床，因为他们不在，所以门虚掩着。我的杂物间离他们大概十米，在连廊的同侧。来人在他们的住处停下脚步，估计是打开门看了看，然后走到我的杂物间门外，听了大概五秒钟，说，有人吗？我没回答。他说，陈皮在吗？我说，不在。他说，嗯，你是陈皮的儿子？我说，你是谁？他说，我叫杨广义，杨是姓杨的杨，广义是狭义对应的那个广义。我把门打开，门口站着一个年轻人，也就二十七八岁，肩膀宽厚，一张方脸，没戴帽子，短头发，穿了一件灰色棉袄，干干净净，一只手里攥着两只黑色牛皮手套。我说，你撒谎，你得管杨广义叫叔。他说，你爸呢？我说，他和我妈去看我爷了，他认识真正的杨广义，你赶紧走吧，一会他就回来了。他说，哦，听说他要跟我学功夫？我说，那都是什么时候的事儿了。他说，我信息闭塞，刚听说。你这有吃的吗？我想了想说，没有，只有一个苹果。他说，我们一人一半吧，给我一小半就行，我有点渴了。我把苹果在腿上蹭了蹭，用裁纸刀切成两半，他接过去说，还切得挺齐。他三口把苹果吃了，说，有烟吗？我说，没有，别得寸进尺。他笑了笑说，也是，这话说得好。我忽然发现，他一条腿有点不利索，站着的时候左腿有点虚着，分量都在右腿上。我感觉心跳加速，好像过去多年里全部的热血和梦都涌上头颅，我说，你真让人扎了一刀？他说，是啊。说着用手指了指，说，在大腿后面，不是刀，是锥子，锥进一寸。我说，谁干的？他说，没看清，我没回头。我说，你为什么不回头？他说，我怕我回头就要杀人。说完他又笑了笑，我才知道了一件别人不知道的事情，杨广义是个爱笑的人，虽然那笑总是出其不意。他说，你爸这么多年不容易，我也不容易，各有各的难，你把手给我看看。我伸出手，他按了按我的手指，又按了按我的肩膀，然后说，行，我的时间不多，等不了你爸了，我教你一套刀，也算是没白来。说着，他从怀里拿出一把弯刀，比我想象的小，只比手掌长一点，用手一捻，变成两把，我说，你有两把刀？他说，是，这刀是双刀，左刀叫狭，右刀叫广，所以叫广狭刀。刀法不难，我跟你说说你就明白，我现在已经不需要两把刀了，给你留下一把。我没有接刀，我看着他的脸，他面带微笑，如此地单纯，我说，我不学。他说，你不学？我说，我不学。他说，为什么不学？我说，我明天还要上学，明天我值日，我得早点睡。他说，你知道多少人……我说，是啊，我不学了，我刚才骗了你，我这还有一个苹果，你拿走吧。我从我的枕头旁边拿出一个苹果，放在他手里。他接过苹果，好像有点走神，过了一小会，他点点头，把双刀放进怀里，说，是啊，我是蒙了召，你还小，你还不明白。我说，我明天得去班里拖地，还得给每一个同学发早自习的卷子。他说，好，那就到这，咱们清了？我说，清了，我也不跟我爸说。他说，我信你，如果你什么时候想找我，就拿一个苹果，放在北陵公园东门的石狮子爪子底下，咱们聊聊天。我说，记住了。他冲我一笑，扭头走了。我从窗户上面望去，没再看见他。

这么多年我吃了不少苹果，实话说，苹果是我最爱吃的水果，我一个也没有浪费过。

预感

这天晚上李晓兵跟妻子提出要单睡,妻子感到很不理解,希望李晓兵给出一个理由。李晓兵想了想说,没什么理由,就是想睡沙发。妻子说,我打呼噜?李晓兵说,不打。妻子说,你觉得热?我发热?李晓兵说,没有,你一直很凉爽,而且家里有空调。妻子说,那你为什么要单睡?孩子此时已经睡了,李晓兵的儿子叫李大星,七岁,多动且敏感,一言不合就记在心里,等待日后随时拿出来证明大人的出尔反尔,但是晚上睡觉并不折腾,一旦睡着,一宿不动。李晓兵说,我讲不出理由,可不可以没有理由,让我现在去睡觉?妻子沉默了几秒钟说,好吧,我把沙发给你收拾一下。李晓兵的妻子名叫方灼,是市城建局的一个副处长,在外面相当能事儿,白酒能喝一斤多,说话还不走板,家里外面面面俱到,只有一点问题,就是凡事爱穷究竟,口头禅是你给我一个理由。李晓兵就怕这个,一旦方灼说出这句话,他就头脑发蒙,本来有理由的事儿也变得没了理由,况且生活里很多事情,本来很有理由，一旦把理由说出来，理由就像氧化的半拉苹果，马上不是那个味儿了。但是这天晚上，方灼并没有和他较劲，原因很简单，方灼了解李晓兵，李晓兵话不多说，也不是个爱提要求的人，一件衣服能穿三年，吃饭也不挑食，只要不是馊的，都能吃。他想单睡一定有他的道理，而且时间也晚了，你让他给出一个理由，对两人的睡眠都不好，第二天她早起还要陪领导出行，需要养精蓄锐，于是方灼给他铺好了沙发，茶几上倒了一杯凉开水，自己去卧室睡了。

李晓兵躺在沙发上看了一会书，不困，客厅里十分安静，窗门紧闭，家具各安其位。他在厕所里蹲了一会，出来之后感觉有点意思了，马上关灯躺在沙发上，把眼睛像书本一样合上。不困。李晓兵说话不多，不是因为没有话，是因为把话都写在了书里。他是一个科幻小说作家，写得不错，这么说有点保守，应该说是用中文写作的顶级科幻作家，但是一是因为生活在小小的S市，和文坛疏远，所以名不配实；二是性格上比较封闭，所谓名满天下，对他来说没什么了不起，不就多几个不相干的人嘛，也不是家狗还可以随时调遣；三是虽然他是个内敛的人，但是相当狂妄，他觉得击败现在市面上的科幻写作者是题中之意，这一点狂妄使他有点孤独，从另一个层面也保护了他，举杯邀明月，对影成三人，第三点和第二点有点联系，狂妄的人总能自娱自乐，因为才华就是朋友。

2018年8月8日的晚上十一点左右，科幻作家李晓兵正在竭力钻进自己的睡眠里，他换了好几个姿势，又抽出了枕头，并没有多大的起色。S市是一座北方小城，人口只有七十多万，原先没有这么少，很多年轻人都走了，路上鲜见婴儿。这城市入了暑之后有几天极热，好像要向漫长的寒冬示威一样，证明四季的必要。这几天不但热，还下雨，每天一阵一阵地落雨，每一阵都不大，也不能减去一点酷热，反倒水汽浮起，贴人的皮肤，把热又物质化了一点。现在来说李晓兵为什么要单睡，且给他理由一个，因为这天早晨起来他便有一种预感，预感到会有事发生，虽然他和方灼在一起生活了八年，和李大星一起生活了七年，但是预感来临的时候，他还是想一个人面对，虽说预感不是十分确凿，也正是预感的特点。对于他来说，预感并不是第一次来，在他三十五年的人生里来过三次预感。第一次有了生事的预感是在他五岁的冬天，他作为独生子躺在家里的炕头上，正在发高烧。那时他家住在城郊，白天父母上班，一个卖糖葫芦的老太负责看护他，给他喝水，喂他吃饭，其余时间就把插满糖葫芦的木束摆在他家门前的空地上，正常做生意。他在迷迷糊糊中突然感觉到有什么东西要来，不是走来，跑来，而是飞来，他想告诉老太这种感觉，可是嘴巴像给什么镶住了，老太以为他睡了，在偷吃他家炕柜里的饼干，那饼干又黄又圆，和几个果丹皮放在一个同样圆的铁盒里，老太吃得口干，去高低柜上拿凉开水瓶。他张嘴想说，水瓶的位置不太好，那玻璃水瓶就像是一块磁铁，像一只扭动在鱼钩上的蚯蚓，像一只吃饱喝足的羚羊，这时一颗子弹穿窗而过，打中了水瓶，水瓶如释重负一样喷散开，玻璃碴子像火星一样飞出，嵌入老太的脸中。这子弹从哪里来到最后也没人知道，也没人来要，要也找不见，因为子弹从另一扇窗户飞出去了，不知飞向哪里，又打中了谁，什么时候落地。除了他以外，没人看见这颗子弹，水瓶毫无疑问是自己爆炸了，也许是老太的手太热了，也许是早有了暗藏的裂纹，李晓兵多少有些愧疚，他因为自己的幼小而自责，要不然可以走过去把水瓶或者老太移开的。

第二次预感是在他十二岁，小学刚刚毕业，爷爷因病辞世了，他还不懂得悲伤，而且和爷爷见面也少，交流也少，爷爷从他八岁开始，就卧床不起不会说话了。出殡那天他一直瞄着他的表妹，表妹比他小一岁，却长得比他高，穿着扣带儿的凉鞋，脚指甲涂了红色的指甲油，俨然是一个少女了。他很想跟她玩耍，最好是追逐，一个跑前一个跑后，但是葬礼的气氛相当肃穆，爷爷的几个儿女都围着遗体号啕大哭，父亲是一个钢铁一样的男人，面无表情，等着别人哭完，好进行下一个程序。他忽然感到有什么东西要来到这个告别室找爷爷，他的眼睛离开了表妹的脚脖子，看着门外。爷爷是抗美援朝的老兵，是不是他的战友？还是他的仇敌？或者他在朝鲜时有个不为人知的儿子，说着朝鲜话一路找来？还是死在他手中的哪一个年轻的游魂？这时从门外飞来了一只蜻蜓，又大又黄，飘摇自在，左晃右晃，轻轻地落在了爷爷的脸颊，蜻蜓跟爷爷说了一句什么话，爷爷无动于衷，蜻蜓又说了一句什么，爷爷的耳朵和嘴角缩动了一下，他吓了一跳，他回头看妈妈，妈妈因为起得早，这时有些昏昏欲睡。哭声的高潮已经过去，扬起的手也已经落下，爷爷的遗体突然从停尸台上翻落下来，脸朝下摔在地上，所有人都大叫一声，赶紧把爷爷再搬上去。他看见蜻蜓这时飞走了，摔了一跤的爷爷和刚才的表情已经有所不同，他的下巴松动了，露出了里面早已放好的一个假元宝，他知道爷爷已经把他想说的话，想承认的事情说了出来，原来紧绷的脸也平整了。他忽然感到表妹的脚丫并没什么意思，人要活这么久，肚子里要装这么多事，费劲巴力，死就在一瞬间，了结所有漫长的活，所有爱和牵挂。一股困意袭来，他在妈妈的怀里睡去了。

　　第三次预感是在他二十七岁第一次写小说的时候，那时他还在城里的飞机厂上班，研究飞机翅膀的力学。上午开过了会，下午四点接孩子的接孩子，打乒乓球的打乒乓球，洗澡的洗澡，李晓兵坐在自己的电脑前面突然想写点东西，他这二十几年的人生大部分时间都和数学物理混在一起，大学是数学系，研究生是物理系，写文章这件事情他从未想过，偶尔写个便条，得琢磨半天，有时候主谓宾还落下一个。《时间简史》是看过的,《包法利夫人》也是听说过的,但是一直以为是莫泊桑写的。中国作家只熟悉鲁迅,因为小时候家里没有别的书,只有一套《鲁迅全集》,小开本,上面有个鲁迅的头颅。他喜欢读鲁迅的杂文和书信,杂文是觉得鲁迅有逻辑,不愧学过医,骂人抽丝剥茧,直指要害,书信是因为看着鲁迅严肃得如同版画一般,说起情话来也有一手,这是他的逆反心理,读书不爱读主筋,爱读自我矛盾的角料。这天不知为啥,他突然觉得悠悠的时光河就在他面前流淌,他看见那粼粼的波光,映着自己日渐衰老的影像,他感觉心里也敞开了一个黑洞,把光线都逮捕进去,另一头是喧嚣的无意义的黑暗。他建立了一个文档,想写一封信,上写了一个"亲爱的",后面就不会了,他没有去信的人,他努力想了想远方的人们,一个都不值得写信给他,况且,写信要用信纸,在电脑里写信算啥呢?一封官函?一封邮件?他把"亲爱的"删掉了,写了一个"我"字,我什么?他不知道。为什么要从我开始?我要如何发展?干吗去?我,一个主体,有过什么样的历史?是要交代自己的问题?我,是要开疆破土,或者要忏悔?他想了半天,也把"我"删去了,写了一个"他"。这时他感觉好像一个漂泊的人终于看到了妈妈炒菜的炊烟,闻到了家里被褥的香味,他,让一只手啊,轻轻拍醒了,对的,他睁开了眼睛,发现自己坐在深深的海底,正在用吸管喝奶,重力啊,压力啊,全没有作用。李晓兵忽然有了一种复杂的预感，他知道曾经来过两次的预感又来了，不过这一次是混合型的，两种相反的预感交织在一起，如同祈祷时的手掌，正有人从两旁拉开。他预感到他要变换一种生活，他一边这么预感，一边打字，叙述的河流奔腾而去，好像从来就存在的地下河因为地震而浮出水面，他的生活在隆隆的水声中破碎，虚假，置之度外，不值一哂；另一种预感是有什么要落下，这落下比过去两次预感的飞来之物要庄严，要更像歌剧的帷幕拉起前的高亢的尾声。几分钟之后，窗外传来了尖叫和人们狂跑的脚步声，一架试飞的飞机坠落了，摔成了一堆不可辨认的残渣。

李晓兵在黑暗里坐着，对自己产生了怀疑，他这次的预感始于清晨，但是一天什么也没有发生，他带孩子去上英语课，在监控录像里看孩子和老师玩得挺好，虽然到现在为止，他听见孩子除了说"NO"，其他一句也不会说。中午孩子午睡，他在书房写东西，他最近在写一部小长篇，已经反反复复写了大半年，写废的比留下的多，但是他已经习惯于现在这种状态，所谓作家就是写作困难的人，他接受自己的变化，每天不悲不喜地写一点，他知道自己心里还有挺多东西，不少路径，关键是这些东西越藏越深，钻头要穿过不少岩层，如果说过去写作是洗牙，现在就有点像拔牙了。晚饭吃得不错，两碗过水面。一个老同事约他去钓鱼，他拒绝了，因为天气预报说今夜有雨。

除了写作，李晓兵喜欢钓鱼，平常的时候都是在河里钓，S市的腰身处有一条河，穿城而过，时清时浑，他们每次都去河的上游，钓一些小小的鲫鱼，钓了再放，纯属西西弗。同事晚上告诉他，从他所住的地方驱车一个小时，在S市的市郊，他们发现了一眼小湖，并非死水，今年夏天的雨水尤其多，小湖看上去是新形成的，也可能是上游泄洪所致，给他发了定位。李晓兵是有兴趣的，在河边钓鱼像吃食堂，在无人知晓的小湖边钓鱼就是小灶，但是因为他一天心神不宁，雨又要来，小湖也不至一天就干涸，所以他准备回头再说。预感和睡意一起不见踪迹，李晓兵看了一眼表，十一点五十，他给老同事发了一条微信：夜钓去否？等了二十分钟，没有回音，老同事还在原来的单位工作，想来已经睡了，人家第二天还要上班，不像他，时间像活期存款，都由自己支配。他又给另一个渔友发信：城郊有新现小湖，有兴趣今晚去踩踩乎？这人回信说，父亲昨天拉屎时摔断了腰椎，现在正在医院陪护，钓鱼不可能了，只能看着吊瓶。他放弃了，自己把自己掉了一个个儿，头在刚才脚的位置，假睡了半小时，然后起来，收拾渔具，带上雨衣和手提灯，推门出去，下电梯到地库，开车出发。

路上没几个车，小城的夜晚安静，好像掉光了头发的头颅，头上有乌云集结，摆在户外的摊子也收了。李晓兵沿路往南开，过了一片新建的楼区，房子就少了，他跟着导航拐到一条土路上，周围逐渐有了平房和庄稼，这一路向南，似乎时间的逆旅，渐渐退回到平矮的时代。又开了半小时，过了一片简陋的温泉旅馆，看见一座小山，城边还有这样的地方？他不知道，他在这里生活了三十几年，一次没来过。他放慢了车速，仔细看那山，高约二百米，孤零零的，黑暗中看不清上面是不是有植被，形状细长，如同高塔，还有这种山？他在脑中过了过力学，确实也是有可能的，也许早年炸山取石，留下了削过腮的细脸。路还有，只是渐渐坑洼，绕过小山，他看见了那个湖，真不小，大概有两千平方，汽车的大灯照上去，如同黑眼仁儿一样凝固，若不是友人发的位置精确，湖被山所遮，路人是无法留意的。只有他这一辆车，一个人，两盏车灯，他忽然觉得自己有点作妖儿，好好的觉不睡，跑到荒郊野岭钓鱼，清晨的预感已经完全散去，好像起床气一样荒谬。既然来了，总得比画一下，至少带两条鱼回去，要不然第二天方灼问起，更显奇怪，最好鞋底再踩点泥，多准备一点证据。他把车停下，开着车灯，从后备箱取出渔具，往湖边走。其实李晓兵怕水，不会游泳，也不敢坐船，但是只喜欢钓鱼，怎么说呢？下水等于交托，钓鱼等于交谈，他喜欢后者。在卷着湿气的夜风中，他展开马扎儿，坐在了湖边。

事实上那天晚上谁也没有看到李晓兵，他钓鱼的地方是一个视觉上的死角，这条路本来车就很少，偶尔过去一辆，也没有人会发现他，他就像小时候玩藏猫猫的孩子，不小心藏到了一个谁也发现不了的地方。李晓兵过去也夜钓过，但是从来没有超过凌晨还在钓鱼，鱼也要睡觉不是？好好的睡着觉的鱼，梦里被鱼钩拉住嘴唇拽上来，是不是有点残忍呢？他坐在马扎上感到挺惬意，虽说有蚊子，还不少，围着他的脚脖子咬，空气也没有夜晚该有的凉爽，闷热，好像比白天还热，但是此地确实十分安静，水也不臭，甚至散发出一点清香味。他的儿子越长越像他，他有时候偷偷把自己小时候的照片拿出来看，李大星比他同龄时要高一点，但是模样几乎一样，尤其不高兴时，吊着个脸，并不哭泣，只是暗藏冷笑的神情，好像重新搬演的话剧一样。他时而高兴，毕竟证明了血统纯正，时而恐惧，我小时候就这样？他想，然后现在这样？这是一个复杂的方程式，解出来的东西竟是现在的他。婚礼他几乎不去，葬礼他极爱参加，戴着白花看人躺在那，无依无靠，只有自己，从而明白那么多欢快的相聚都是花瓣，终于一天会掉落，剩下孤零零的一根枯枝，他便显出暗藏冷笑的表情。但是他毕竟没有看破，每天写作就是明证，再消极的写作也是作为，不是无为。冬天去旧书店买书，看见两个书店服务生围在炉子周围烤火，两人都很年轻，书店又冷又破，屡经搬迁，搬一次就换两个店员，总是有人应聘，炉子一直是这个炉子。他忽然觉得将来有一天自己老了，不愿意去养老院，也可以来这里工作，他连飞机都修过，手脚是利索的，只要对方不嫌他年龄太大就好。

头顶的云又低了一点，原来一丝风也没有，现在风突然刮起了，李晓兵钓起了一条鱼，一条健康的黑鲤，像假的一样结实。他把它放在桶里，很快它似乎就适应了桶的大小，游得蛮舒畅。李晓兵看着鱼，心情不错，出师告捷，平时在河里钓，看不到这么大的鱼，忽然他感觉到心慌，一股子汗水从他的额头上渗出来，两只脚掌像触电一样发抖，如同跟着什么音乐打着拍子。一道闪电在远处横亘了几秒，雷声翻滚，炸开，硕大的雨滴突然落下，紧接着就连成了瓢泼大雨，李晓兵赶紧把雨衣穿上，他第一反应是回到车上，但是雨幕里他看见渔线突然下沉，他咬了咬牙，走过去收线，刚一使劲，渔竿就折进了湖里，李晓兵脚下一滑，险些也掉了下去。这时他看见一个人从水里走了出来，鱼钩挂在他的耳朵上，那人把鱼钩摘下，扔在水里，然后手里撑起一把大伞，慢慢走上岸来。

李晓兵吓得一动不敢动，想起后备箱有改锥，但是浑身动不了，只有思想飘过去，掀开后备箱，拿改锥在手，横刀立马。那人走到李晓兵近前，说，是你钓鱼？李晓兵说，啊。那人说，你别紧张，我也是刚来。钓了几条？李晓兵说，一条。这人年纪四十岁出头，穿着一整套黑色西装，皮鞋，里面是白色衬衫，冷不丁一看，除了年纪大点，好似一位伴郎。男人说，你等我多久了？李晓兵说，我没有等你，我在钓鱼。男人说，深更半夜在这钓鱼，你不是等我是干吗？李晓兵本来害怕，看他这么自作多情，害怕减了百分之五十，这人虽然从水里走来，可是衣服一点没湿，仔细一看，嘴里还嚼着口香糖。李晓兵说，我睡不着觉，打发时间，这就要走。男人说，我大老远来的，你能不能别这么着急？你们不是有句话，有朋自远方来，不亦乐乎？还有一句话叫，赶日不如撞日，还有一句话叫，前世多少次回眸才造就了今生的一次相遇啊。李晓兵说，这几句话是有，但是跟我关系不大，我明天要工作，现在得走。男人说，你不问我从哪来？好奇心不是人类进步的阶梯吗？李晓兵忽感烦躁，这人好像看久了中央一套，比方灼还要啰唆，一会估计也要让他给一个理由。李晓兵说，好吧，你从哪来？那人说，让您问着了，我从百万光年之外的星球而来，你瞧这湖，波光粼粼，其实是一个飞行器，你的鱼钩一直在我的飞行器里头当啷着。我呢，给自己起了一个名字叫作安德鲁，你觉得这个名字如何？李晓兵说，我觉得这个名字相当平庸。男人说，对啊，平庸的名字好养活，你叫李晓兵，咱们俩五十步笑百步，不也都活得挺好？李晓兵一时语塞，此人确实善于运用成语。男人说，你脖子上那颗脑袋，对于我来说，等于一个显示屏，现在你因为紧张，脑细胞在收缩跳跃，心脏压出的血急速向你颅内增援，几条航道都已经满舱，但是我跟你说，没用，你还是想不出所以然。我呢，不想拥有这种智力优越感，但是你确实比我傻，我也不能罔顾事实。李晓兵这人大体是个温和的人，极少和人红脸，但是也有人说，他是个自尊心很强的人，一旦有人当面否定他，他是绝不退让的，甚至要变本加厉报复的。李晓兵说，你怎么能证明我比你傻呢？男人说，我是来杀你的，你有感觉吗？李晓兵说，你怎么知道我没感觉？男人说，你没有显示出你的感觉。李晓兵，你算哪一个？我为什么要对你显示我的感觉？

雨势渐渐小了，乌云融化，黑暗的天空没有光，已变成透明。两人站在山的背面，湖的边缘，一动不动，桶里的黑鲤在翻腾，用尽全身力气嚎叫，没人能听懂它说什么。李晓兵知道今天遇到了麻烦，他也有点沾沾自喜，躺在沙发上的时候他怀疑自己已经丧失了预感的能力，他甚至怀疑从小到大的几次预感都是巧合，或者那预感是他追认的，他赋予了自己一种不曾拥有的能力。看来并不需要担心，今天的预感和事实之间距离的时间稍远，不过还是来了，只是他自己成了那只凉开水瓶，这是他没有料到的。

安德鲁收起了雨伞，系好，扔进了湖里，雨伞迅速地沉入了水中。他伸手到湖水里，掏出一只红色的电话，电话线一截在水里，他把电话放在脚边，把双手在裤子上擦了擦说，既然你知道我要来杀你，你现在还站在这里，我就认为你接受了这个事实。李晓兵说，那倒不见得。安德鲁说，这么跟你说吧，不但你得死，S市的七十多万人都活不了，你肯定要问为什么，我直接给你原因，因为你们这里头有人犯了罪。李晓兵说，哪里没人犯罪？安德鲁说，此罪非彼罪，你们有人犯了弥天大罪，偷了我们的东西。李晓兵说，我们离你们那么远，还能偷你们的东西？你们那么高级，一直能看到我们的头脑里，东西还能让我们偷了？李晓兵不知道为啥自己夜半三更还头脑清晰，口齿伶俐，平时他不爱说话，今天却好像一个辩手，他一边觉得自己今天表现得不错，紧要关头还有潜力可挖，一方面，在话语的缝隙里，他觉得也许他真的会死，就像安德鲁说的那样，被他杀死。可是他没有太大的感觉，这令他有点惊异，他觉得自己的身体像凉开水瓶那样凉爽，光滑，他相信如果现在给他体检，他准保前所未有地健康。

安德鲁说，你们当然没能力偷走，是我们过去来旅游的时候掉的。就掉在你们 S 市，就掉在这个地界。李晓兵说，且慢，你这是丢，不是我们偷的。安德鲁说，是丢了，但是你们并没有归还，这就叫偷。李晓兵说，我们怎么知道是谁丢的？你今天这个模样，听说也是刚来，谁知道是你丢的？就算知道，到哪找你？你贴过失物招领的启事？在广播电台里登过广播？或者挨家挨户问过？话又说回来，是你本人丢的吗？从你裤兜里漏出去的？安德鲁犹豫了一下说，是我祖先丢的，反正是我们家的东西，谁丢不是一样？李晓兵说，我爷爷在世时，经常说起家里的宝贝，皇宫里的瓷碗，祖国山河一片红的邮票，因为打仗逃难搬家，都丢了，谁家没有几个虚拟的宝贝？你那东西你就确保真实存在？安德鲁叹了口气说，这你不用担心，那东西确实有的，不是我爷爷那时候有的，是我爷爷的爷爷那时候就有。李晓兵说，是个什么东西？安德鲁说，是一句话。李晓兵说，一句话？安德鲁说，是一句话，我爷爷的爷爷早年来过这，临时想起一句话，觉得特别好，憋得难受，就说给了他旁边从井里打水的一个S市的人，那时候S市还不是S市，只有十户人家，一个村庄，他说给了那人，那人把水桶挑在肩上走了，他就再也没想起来。这话就丢了。后来来找过，几代人都来过，没找回来，打听了不少人，有的人还在这生活了很久，都不是那句话。你们把这句话藏了起来。李晓兵说，你们想不起来这句话了？安德鲁说，想不起来了，从离开我祖先的嘴唇，这句话就想不起来了。李晓兵说，那我们即使还给你，你也不知道啊。安德鲁说，非也，只要是那句话，说出来我们就知道，就像如果你儿子让人抱走了，多年之后，他已经七十岁，你已经一百岁，两人一见，你还是能感觉到他是你的儿子。李晓兵说，就因为这个你要杀我们？安德鲁说，是了，你们有个鲁迅不是说过，他要肩着黑暗的闸门，把后来人放过去，我们就干了这个事儿，谁想到你们还不领情，过去之后就把我们忘了。这难道不该死？李晓兵说，你们现在过得不好？安德鲁说，岂止是不好，我们已经完了，跟你说实话，我们星球就剩我一个人了，你今天晚上单睡了吧？李晓兵说，单睡了。安德鲁说，让你天天单睡你受得了吗？我现在孤身一人，活着跟死了没什么区别，想来想去，死之前得先把你们灭了，要不然呢心有不甘呐。李晓兵说，那你这个电话是干吗的？你一个人怎么还需要电话？安德鲁说，电话不是打给人，是打给一个机器，你现在朝天空看，云散了吧，你瞧，那是不是有一颗孤星？就是它接电话，一个电话过去就继续下雨，是现在的十倍，淹死你们这些忘恩负义的人。李晓兵说，说实话，我不相信你。

安德鲁蹲下身子，拨通电话，哎，再下三分钟暴雨，要世界末日那种感觉，不用范围太大，就在我方圆五米。天空中的孤星一闪，一片乌云飘来，硕大的雨滴落下，就在安德鲁和李晓兵站着的地方，形成一片雨柱，车的位置一滴雨也没有。两人都给淋透了，好像刚从河里给打捞上来。安德鲁说，这是我们的旧机器，只会下雨，要不然我的选择还多点，地震啊，瘟疫啊，大火啊，或者干脆把你们所有人大头冲下扔到太空里。李晓兵走回车上，找出一条干手巾擦了擦脑袋，然后递给安德鲁，你们丢的那句话有没有什么线索？比如，那句话几个字？安德鲁说，据说是八个字。李晓兵说，不含标点？安德鲁说，不含标点。李晓兵说，那可能是一句谚语，比如，三九四九，棒打不走，是这句吗？安德鲁说，不是。李晓兵说，还有别的线索吗？安德鲁说，有三个名词，一个动词。

夜深得像没有灯的黑屋子，李晓兵站累了，就坐在马扎上，安德鲁也累了，坐在一块石头上。李晓兵说，我还能钓鱼吗？我习惯一边钓鱼一边想事儿。安德鲁说，可以，你想钓鲨鱼吗？李晓兵说，不想，我就想钓点鲤子。安德鲁说，你钓，有。李晓兵装上鱼饵，把鱼钩甩进湖里，三个名词，一个动词，正常想来，句式应该是名词动词名词名词，比如李晓兵钓上金钱豹，但是这个句子里，金钱好像有点形容词的意思。这样想来，真是大海捞针，不可能找到。李晓兵想到方灼和李大星，都沉沉睡着，不知道自己就要被大水淹没，一个想着明天的出差，一个做着跟动画片有关的梦。安德鲁给的线索太少了，这不是他的错，他碰巧是那个星球最后一个人，还记着祖先的遗憾，在死之前，开着破旧的飞行器来到这里，谋求某种正义。八国联军时丢掉的文物，我们不也想要回来吗？李晓兵在心里头很理解安德鲁，一个将死之人很有可能想到亏欠。

安德鲁坐在石头上，如果仔细看，他的鬓角有白发，身上的衣服也不知道穿多久了，让雨水一淋，像过期的蛋糕一样更加显得不成样子。李晓兵也想过是不是用改锥捅死他，但是他既然能从水里走出来，想来一把改锥是杀不死他的。原来哪个星球都有愁苦的人呐，也不是愁苦，安德鲁从水里出来到现在，可说了不少的话，估计是憋得够呛，夜晚闪烁的星星，密谋着灾难，可是谁知道他在上面呢？李晓兵想起自己写的第一篇小说就和水有关，今天遇见了一个从水里走出的人，S市也就要被水吞没，从小怕水，可说是冤家路窄，怕什么来什么。李晓兵说，安德鲁。安德鲁直了直脖子，原来刚才他睡着了，李晓兵说，你是干什么的？我是说，你除了要淹死我们，在那你从事什么职业？安德鲁说，我是一名邮差。李晓兵说，你们那还需要邮差吗？安德鲁说，需要，我们每天都写信，寄给别人，这是我们的习惯，一直没有更改，说了你也许不信，邮差在我们那是很高贵的职业，而且是世袭的，我爷爷的爷爷也是邮差，他来你们这游玩，是政府提供的福利。所以啊，我们对文字特别敏感，丢了一句话，等于丢了一封信，我爸爸就是因为丢信自杀的，不说这个，离天亮还有一个小时，你想不出来我就要打电话了。李晓兵说，我怎么相信你说的是真的？也许你是一个连环杀人犯，畏罪潜逃也不一定。安德鲁涨红了脸，从怀里掏出一个信封说，这是我拿到的最后一封信，发信人和送信人都死了。李晓兵说，我可以看看吗？安德鲁说，不行，我们送信人永远不能看信，这是职业操守，就算两头的人都没有了，也不能看。李晓兵说，你想一下，你现在是你们星球剩下的最后一个人，你如果不看，这封信就等于没有存在过，写信的人也不想这样，还有一点，这是你们的文字啊，等于一个人跟你说话啊，你不觉得孤独吗？有人跟你说话不好吗？

其实从安德鲁从怀里掏出这封信开始，李晓兵就意识到这封信他会打开，这不需要什么预感，只需要一点同理心，也有可能他早就把信看了十遍八遍了，熟得都可以背出，只是不承认而已。两人又谈了一会话，只是聊了聊各自的风土人情，再转回这封信上，安德鲁就打开了。李晓兵说，不认识你们的字，你如果不念，我就不会知道，你决定。安德鲁想了想说，好吧，但是你不能告诉别人，跟你太太也不要说。李晓兵说，我很多事儿都不说，你念吧。

亲爱的 I，我们的部队已经战败，虽然长官还在谋划反攻的事，但是所有人，包括我们身上的虱子，都意识到我们已经没有希望而逃窜了，可是令人欣慰的是，所谓胜利的对方，也已经从内部溃烂了，作为对手完全能感受到这些事情，他们已无心收拾尸体，就任由他们被灼热的战场熔化。瘟疫横行，这种瘟疫不是身上的疮斑，而是心里的绝望，因为已经清楚地看到，我们无法返回家乡了，几天之内我们就都将死在这里，以相当耻辱的方式，我们已被逼到山的背面，冥河的边缘，我们将毫无还手之力地被歼灭，就像用杀虫剂喷杀飞蚊一样。自杀的人数这几天内猛增，虽然自杀的人要高挂起来示众，长官也说，这些人死后也无法成为星辰，但是还是有越来越多的人选择自杀，人数已经超过了三分之一。我准备战斗到最后，不是因为勇敢，是我想见证一切，我走了这么远的路，还是想要清楚地看到如何终结。听说家乡已经毁坏了，因为战争损坏了地壳，我不知道你是否还活着，我已经好久没有收到你的信。离开时我们吵了一架，原因好像是吃饭时我没有坐在你的旁边，我过量地饮酒，把你忘在了脑后，第二天凌晨就被抬上了军车。亲爱的 I，如果你死了，我相信你死前会想起我，尽管我还没来得及娶你，不出意外的话，三天内我就会死，我也会想着你死去，我们之间不只是爱情，我们是一切美好的联系的缩影，我们是世界的左手和右手，我们是河流和河床，我们是组成一个单词的两个字母。我们都是普通人，没人知道我们之间的爱情的威力，这也是美妙的地方，我们就像所有不可描述的秘密一样，没人知道其存在，也没人为其消失而悲伤，除了我们自己。这多么好啊！

本来想写得更长一些，但是时间来不及了，炮声越来越近，希望今晚我们还能守住我们的山坳。如果你能读到我的信，希望你能把其当作求婚，当然仅限于心理层面的，你不用答应，你只需要记得我确实做过这件事，然后想办法活下去。如果你已经死了，那也没关系，我们曾经认识，就已经很好了，希望我们再见时能认出对方，那并不难，因为这次我就是因为遇见你才存在的，我相信像你这样的人，就算死了，也会一直存在。就写到这里，邮差已经等了很久了。

爱你的 X

安德鲁把信折起来，放回信封，揣进怀里。他的声线不错，低沉冷静，很适合念信。远处已经有了一点天光，两人呆坐了一会，信的内容搅扰着李晓兵，他还是没有想出那句话，八个字的那句话。安德鲁忽然抬头说，这就是邮差为什么不能看信。李晓兵说，为什么？他说，信变得太沉了，已经背不动了。李晓兵说，明白。他说，你不明白，这些士兵最后都在写信，我送个不停，可是大多没有送到收信人手里，有的死了，有的根本不存在，有的活着，可是根本不认识来信的人，又给退了回去。李晓兵说，明白。安德鲁说，你不明白，无论如何请你想出那句话吧，拜托你，还剩最后半小时了。李晓兵说，我确实想不出来，这么久了，早已经消失了，这句话已经消失了。安德鲁说，我们把它找出来吧。从第一个名词开始，你给出几个名词。

李晓兵看了看周围，名词，他曾经写下过不少名词，他曾写下过成千上万个名词，他也命名过一些新奇的事物，可是这些好像都离他那么遥远。他忽然明白，他不是要找到那句话，而是要写下这句话。他说，鲤鱼？安德鲁说,不是。他说,山?安德鲁说,不是。李晓兵说,希望?安德鲁说,不是。李晓兵说,天使?安德鲁想了想说,有点意思,但是不是。李晓兵说,上帝?安德鲁说,不是。李晓兵说,魔鬼?安德鲁站了起来,说,是。李晓兵说,魔鬼?安德鲁说,是魔鬼。请继续。李晓兵也站起来,在湖边快走,魔鬼干什么呢?魔鬼有什么坐骑来着?手里拿着什么兵器?他回头说,魔鬼喜欢?安德鲁说,不是。他说,魔鬼手拿?安德鲁说,不是。他说,魔鬼讨厌?安德鲁向他走了两步说,有点意思,但是不是。他说,魔鬼逃出?安德鲁说,不是。他说,魔鬼害怕?安德鲁点点头说,是这个,是魔鬼害怕。魔鬼害怕,魔鬼害怕,是的,是魔鬼害怕。李晓兵说,魔鬼害怕什么呢?后面是两个名词,我们先找到其中一个如何?安德鲁说,这是你的自由。你还有十五分钟。李晓兵看了看那个红色的电话说,魔鬼害怕电话?安德鲁说,你们害怕电话,魔鬼不怕。李晓兵说,魔鬼害怕水?不会,魔鬼水火不侵。魔鬼害怕光?不对,那是吸血鬼。你怕什么,安德鲁?安德鲁,你在浪费时间。李晓兵说,我们说的魔鬼是一个魔鬼吗?安德鲁说,这不重要,你找到了魔鬼这个主语,这很重要。李晓兵说,我已经有所进展,你的电话可以推迟吗?安德鲁说,不可以,别忘了我是一个邮差。李晓兵说,魔鬼害怕承诺?安德鲁说,好像近了一点。李晓兵说,魔鬼害怕信仰?安德鲁说,不像。李晓兵说,魔鬼害怕相信，相信算名词吗？安德鲁说，你说了不少同义词。李晓兵说，魔鬼害怕存在？安德鲁说，好像又近了，但是好像又完全错了。李晓兵突然有了前所未有的预感，这预感比早上还要强烈，他起床时那个预感和现在这个相比简直是一堆瓦砾，现在就像有强光打到他的脸上，照到他飞旋的思路，光的颗粒飞舞，与思维的颗粒搅在一起，不分彼此。代词，代词也是名词，近了，又反了，一颗子弹，射向凉开水瓶，一架飞机坠落了，暴雨就要淹没这座城市，一句丢失的话，一个远方来的固执的邮差，一封没有收件人的信，我相信像你这样的人，就算死了，也会一直存在。

李晓兵说，魔鬼害怕他不存在。

安德鲁走过来，拍了拍他的肩膀，他看上去好像想和李晓兵握一握手，但是最后并没有这么做。太阳还没完全出来，但是能感觉到气温在上升。湖水像缩水的衣服一样，开始蒸发，从天上来的水，现在正在飞速地回到天上去。电话线一点点变短，电话滚落到水里，旁边的小山变成一根天线，折起，像两根拐杖，嗒嗒走入湖心，露出一片巨大的平原，露出远处S市高高的彩电塔的金属尖顶。安德鲁用双手理了理鬓角，从兜里掏出那封信，摸了摸，确信它还在，然后又放回怀里。他从桶里抓出黑鲤，扔到水中，然后头也不回地跳到湖里，几分钟之后就和这湖一起消失不见了。

心脏

2015年之前,我从来没来过北京,说也奇怪,按道理说一个成年人,参加工作有了几年,总有来北京的机会,无论是来开会还是参加大学同学的婚礼抑或是单纯地来看看伟人的遗体,或多或少总要来的。可是我确实从来没来过,培训的时候去过深圳,出差去过四川,就是没去过北京,连河北都没进过。2013年我从广告公司辞职,开始写小说,大多是一万字左右的短篇,写了大概三十几个,其中有三篇发表,都在我们当地的一家濒临死亡的市级刊物上,其主编是一个想在退休之前做点好事的官员。2015年11月6日晚,我父亲忽然犯了心脏病,这是一种祖传的病症,在我父亲的家族里已经因此死了五六个人,最早可以追溯到清末,我的太太太爷叔,一位优秀的木匠,大到棺材,小到木梳,都可以做。在五十五岁的时候,他就是因为心脏爆裂死在了一堆木料里头。因为死得太过突然,且七窍流血,家人怀疑是让人下了毒,所以还开膛验了尸身,据说在他的心脏里满是细小的木屑,如果把心脏拿掉，可成一个尺余的木塔。自那时候起，我的族人便有了心脏的毛病，几率在百分之三十左右，遑论男女，因为时代进步且没人再做木匠，所以发作没有那么厉害，通过手术是可以救治的，手术的原理是把一个小引擎放在心房中，弥补因为心脏上异于常人的缝隙所造成的衰竭，另外还需要一个类似于饮水机内胆的东西放在主动脉上，抑制心脏吸纳污垢。这个手术L市是做不了的，或者说没有十足的把握，主要那个内胆，很难准确地放入动脉，这个工作在L市依靠的是一种直觉，类似于木匠的手筋，而在北京或者美国是用机器人做的，因为美国用不了医保，所以我父亲犯病时，我便跟着救护车一路开向北京。

出发时是晚上七点，父亲脸色青紫，已不能说话，戴着氧气面罩，躺在一张铺着蓝色塑料膜的移动床上，随车跟着一位L市医科大学附属医院的急诊室大夫，女性，三十岁左右，体态微胖，头发为深棕色，戴着无框眼镜。我先跟你讲一下，这一路大概八个小时，也许翻个身你父亲就可能去世。我说，明白。大夫说，我姓徐，刚刚博士毕业，这也是我第一次随着夜车去北京，患者还这么重，我也有些担心，希望我们俩能好好配合。我说，那当然，一定一定。她说，配合的意思就是我怎么说你怎么做，不要自作聪明，不要擅自行动，不要问我愚蠢的问题。我说，一定，我没什么问题。她说，你们家就你自己？我说，是的，可以吗？她说，其实应该再有一个人，我们大夫可以帮着推车，但是如果需要搬动病人，需要一个搬头一个搬脚，我们不能上手。我说，我一个人可以。她说，这话是我必须说的，不勉强，我们曾经有过事故，就是家属把病人摔死了，听着有点难听，但是我必须得给你讲一下。我说，收到，两个人配合不好，容易摔着。您抽烟吗？大夫说，不抽，你抽完再上车，我们尽量一路开到北京，中间不停。

十一月的L市七点天就全黑了，一个戴着安全帽的建筑工人被两个工友扶着从我面前走过，他的一条腿摔断了，像是水龙头一样歪向一边，用一条腿跳着向前。急诊室里熙熙攘攘，有人飞快地走着，有人捂着脸坐在椅子上一动不动，三个安全帽走到人群里，消失了，许多的人挡在他们身前，像眼睑一样合上了。还有一个年轻女人，不知被谁砍了一刀，鼻子和眼睛中间冒着血，在冷风中穿着睡衣跑了进来。我把烟抽到一半，发现一个清洁工人一直注意着我行将生成的烟蒂，就把烟在地上按灭，扔到了他的撮子里。我登上救护车，大夫跟司机说，走吧。车便从急诊室的门口驶出，经过医院门口一排的水果店和寿衣店，拐入一支干道，路上的车子并不很多，但是司机还是开得很稳当，他也身穿绿色的急诊护士服，领口宽大，露出挺粗的脖子，我忽然想起应该给他和大夫都拿一点辛苦钱的，一方面因为事出紧急，时间都花在了做决定上，另一个方面因为在家待久了，和社会多少有些隔阂，脑子转得慢了，忘记了他们和我并非一个立场，而钱是统一立场的好工具。我不死心地在双肩包里翻了翻，确实没带多少钱，想到到了北京肯定又有押金又有种种用现金的地方，心里忽然感到沮丧，确实哪里都没有家里安全。

因为家族里有这个遗传病，所以每人有每人的对策，有的是吃药，有的是老去医院体检，有的人放浪形骸，结果倒是没事儿，当然也有因为过量饮酒在四十岁左右暴毙的，不是因为心脏的问题，而是因为酒精中毒。我爷爷的方式是练拳，所以我父亲和他的两个哥哥都练，这里头我父亲的天赋最差，他天生四肢有点不协调，身长腿短，不擅长任何体育项目，移动缓慢，但是不知为什么他坚持得最久，无论是上山下乡还是回城进工厂工作，都没断过，他的秘诀是偷偷练，除了家人，很少人知道他会拳，他都是早上早起先练两个钟头，然后去上班，晚上睡觉前再练一次，自从我有记忆，每天如此，而且在我的印象里，没有一天不练的。他不太爱说话，和谁都不怎么亲。我爷活着的时候老说我爸，老三，你这人太独，等你老了不好办。我爸不置可否，也不顶撞，等我爷死了，也没人说他了，这是他的耐心。我小时候老缠着他让他教我两招，他问我，你想学什么？我说，我想学打人的，一下就把人打趴下。他说，我不会这个。我说，那你教我别人怎么打我都不疼的，让他们手疼。他说，这个我也不会，你这个是拳吗？我们对拳有不同的理解，不能在一块探讨这个。他这一生要么沉默，如果说点什么，尤其是说到打拳，都很严肃，即使我只有十岁出头，他说话也字斟句酌，句子都像是石磨磨出来的，既均匀又乏味。我高考之前，有一次我问他，你每天打两次拳，一共三个小时，我每天都写卷子，不比你打拳的时间少，肯定更多，你说是你的拳好还是我的学习好？他说，你不学习的时候想学习的事儿吗？我说，不想，玩就是玩，学就是学，泾渭分明。他说，是了，我不打拳的时候也在心里走拳，不只在心里，骨头和肉也跟着有反应，我睡觉的时候有时候都在打拳，早上起来觉得挺乏，你能明白我的意思吗？我说，那你怎么能证明你的拳好？他想了想说，证明不了，打个比方，猫从五楼跳下来不死，它是要证明啥呢？它也可能摔死，因为半空中它打了一个嗝，这是命，不是拳，你现在不懂，我们还是不探讨。我说，拳这么好，你为什么不教我呢？你怎么知道我哪一天不会从五楼掉下来呢？他说，还是不能给你打比喻，你承受不了比喻，一定会误解。我为什么要教你？我说，我是你的儿子啊。他说，这是什么理由呢？你要是有这个缘分，这么多年你早看会了，还用我教你？别以为你是我的儿子就如何如何，我把你生下之前也不知道是你啊。我一时气愤说，那你打我一拳。他说，你以为想挨打就可以挨打吗？我的拳不是打人的，睡觉吧。

我爷爷活到八十五岁寿终正寝，我的两个大爷一个死于"文革"时的武斗，另一个现在退休在家，风平浪静，已久不联系。我爸的脚动了动,我才意识到应该把他的鞋脱下来,他的双脚肿得非常厉害,因此变得非常丑陋。他一动不动,像一截浮木一样躺在那里,心率、血压在一个显示屏上闪烁着。徐大夫把他的双脚看了看,分别用食指按了按,我说,是不是不太好?她说,你爸的脚怎么这样小?我说,什么?她说,有人说脚的大小和心脏的大小有关系,这当然是胡扯,但是你爸的脚确实小。我还有个费解的事情。我说,你说。她说,从给你爸的初步诊断里看,他的心脏应该已经无法工作了,我做一个简单的比喻,心脏就像一个水泵,每天无时无刻不在吸水排水,你爸的心脏不知道什么原因,突然有了一个挺大的裂缝,你看他的心率和血压,都已经低到无法想象的数字,心率是二十五,血压是四十到八十,说句不好听的话,按理说人应该已经没了。我虽然刚上班不久,但是即使是行医三十年的人,这种情况也是很少见的。你是干什么工作的?我说,我?我没有工作。她说,你为什么没有工作?我说,我不想工作,我特别懒,懒是一种病吗?她说,你不像个懒人,懒人不像你这么忧愁,你的心态和懒人没法比。你没有工作是干什么?我说,我就是在家坐着。她说,你是佛教徒?我说,不是,我有时候坐着无聊,就打字。她说,打什么字?写东西?我说,嗯,我写小说,很幼稚,我专门写短篇小说。她说,你要是困了,就睡一会,我觉得你爸比较平稳,我会帮你看着。我说,你这么尽责,我有点过意不去,我停顿了一下,小声说,我忘了取钱,请你见谅。她说,我不是尽责,我刚上班,没有话语权,所以这半年排了太多夜班,到这个点我也睡不着,如果我困了,你给我多少钱我也得睡,你一个写小说的人为什么有这么多乌七八糟的想法?况且你父亲这种罕见的状态,任何一个从事医学工作的人都希望能够遇见,刚才你说这是遗传病?我说,是的。祖传的心脏病。她说,家里还有谁发过病?我说,基本都是隔一代,像我爷爷就没事,我太爷爷就死了。她说,你太爷爷应该是1900年代的人,他什么时候死的?我说,据说是二十几岁,生下我爷爷不久。她说,那就是1920年代,那时候是中医还是西医确诊了他是心脏病?我说,我不知道,但是他确实是因为心脏病而死。她说,你怎么这么确定?我说,我是他的后人,我就是知道,这是我们的历史。她不再说话,我知道我已经带偏了话题,我扭头看了看司机的后脖颈子,他好像完全没有听到我们的对话,车速平稳,几乎没有急停急转,却悄然超越了不少飞驰的车辆。车窗外已经彻底黑了下来,高速公路旁边时见起伏的山丘,黑黝黝的好像画上去的。没有喇叭声,也没有车载广播,我们就在这静夜里前行,流动,就像是父亲头上的点滴,无声无息地流入陌生的静脉里。

之后的一个小时,我开始困了,如果是在家里,这个钟点我是不可能犯困的,我擅长熬夜,无所事事也能混到夜里两点，翻两页书，写两个自然段，或者听听随机派放给我的音乐。我父亲睡得很早起得也很早，从来不打呼，但是有时候会在夜里咳嗽，他是工厂的喷漆工，所以患有慢性咽炎，我观察过他，在盛夏的晚上，家里没有空调，只好把卧室的门敞着，他咳嗽时也不醒，他的咳嗽属于睡眠，就像翻身一样。原来的工厂倒闭之后，他换了一家工厂做喷漆工，所以夜里还是咳嗽，他说他在睡梦里打拳，我不知道是不是真的，因为他睡着的时候身体勾着，双手抱肩，毫不舒展，好像床上还有不少人，把他挤得没有地方。夏天时他用双腿夹着被，穿发黄的白色背心，从不裸露上身，冬天时他把被子盖到自己的脖子上，通过被子的轮廓还能发现他弓着身体，双手搭在肩膀。我感觉自己大概睡着了十几分钟，然后突然醒了，然后一种内疚袭击了我，万一他在这十几分钟内死了呢？我感觉这短暂的一觉似乎睡了几年，错过了世界上所有最重大的变化，醒来时已经远远和时间脱离了。我看见徐大夫盯着我父亲的手看，先是在我对面用目光看，然后挪过来蹲着看，我说，怎么了？她说，你父亲会弹钢琴吗？我说，不会，他是工人。她说，你看，他的手指在动。我也蹲过去，看着他的右手，他的左手上埋着点滴的针头，一动不动，右手的食指上夹着一个夹子，连着显示屏。他用拇指把食指上的夹子褪掉，然后五根手指依次敲打着床沿，一遍一遍，没有停下来的迹象，紧接着反过来，从小指开始，最后到拇指，如此这般，又动了十几遍，然后试图把食指放回到夹子里，失败后，彻底停了下来。

徐大夫看了看显示屏上的数字，没有改变，不能说是没有改变，是心率还在下降，怎么回事？她问我。我说，我不知道。她等了一会，确定他的手没有动静后，把夹子夹在他的食指，然后坐回到自己的座位，怎么回事，她自言自语道。我说，我父亲从小打拳。她说，什么拳？我说，我不懂，但是据我观察，他一直在打一套拳，打一次一小时，招式顺序都没有变化。时间也刚刚好，误差不会有两分钟，早上打两遍，晚上打一遍。她说，去公园？我说，不是，在家里卧室。她说，在卧室练拳？我说，是，冬天夏天都是如此。她说，嗯，那应该是神经系统的痉挛或者是肌肉记忆，不算罕见，我提醒你，你父亲正在死去，他的心脏正在衰竭，我觉得也许挺不到北京了。我说，但是刚才他的手指动得非常规律。她说，这不重要，人的身体有时候也有障眼法，你要有心理准备。我说，如果像你说的，我们该怎么办？她说，开回去。但是他应该没有很多痛苦，怎么讲呢，就像一只气球慢慢瘪了，类似于这样。我说，你这个比喻让我觉得很痛苦。她说，你的痛苦和他的痛苦是两码事。我说，是的，虽然你都没什么办法。话一出口我就有点后悔了，凭什么让人家有办法呢？她只是一个跟车的急诊室大夫，一个说话不中听的博士，一个不知为什么被放在这辆车上的陌生人，我说，抱歉，这不是你的责任。她伸手掀了一下我爸的被角说，你不用道歉，你说的是实情。你帮我一下，给他放一片尿不湿。

又开了一会，我看看窗外，路上的车越来越少，我们应该已经进入河北境内，时间大概是夜里将近三点。这一个多钟头里面，我想了一下我父亲葬礼的事情，着实让人头疼，有无数的琐事，有不少久未联系的亲戚，他们的联系方式在我父亲床头一个巴掌大小的电话本上。我父亲退休之后并未休息，因为那时我大学还没有毕业，他就又在一个民营工厂做了几年喷漆工，到发病前还在上班，这些我从未见过的我父亲的同事我也要去通知一下，因为按道理应该是他们给一些丧葬费然后出几辆葬礼的车的。我想象自己坐在这家苟延残喘的小工厂的某一个办公室，跟一个态度冷淡的中年男人讨论这件事情的情形，感觉到比今天夜里更大的压力。那是我必须独立承担的事情，而今天夜里，至少还有两个人陪着我，我父亲也在承担他的一份责任，我意识到无论他以什么样的方式存在，都是在参与我的生活，即使是我的累赘，当他逝去，我的生活里只剩下我自己，完全的个人，现代性的自由，到了那个时候，我还需要写作吗？即使我父亲从来没有对我的写作生活发表过什么意见，也从来没有看过我写的一行字，我竟然在为他写作？要不然我为什么会有这样的疑惑呢？我对自己说，我当然要写下去，我不是为了他写作，他什么都不懂，我为了全世界除了他之外所有的人写作，这结论在我内心回荡了两圈，像是一个人对着空谷的呼喊，扩散开去，似乎有无数人在喊，却只能证明山谷里别无他人。

在大概凌晨三点半左右，徐大夫说，我有点困了。我说，你眯一会吧。她说，我睡半小时，你看着点点滴和心率。如果有异常你就叫醒我。我说，好。她侧卧在椅子上，把胳膊垫在头下边，马上睡着了。头和脚的方向跟我父亲一样。凌晨四点，她并没有醒过来，我也没有去叫醒她，因为父亲的指标都很平稳，没有像她说的继续下降。我一点困意都没有，只是觉得坐得屁股疼，我把屁股挪了挪，忽然感觉到尿意，这尿意来得之急，好像有人突然拔掉了水池的塞子一样。我低声跟司机说，师傅，我想上趟厕所，这附近有休息站吗？他没有回答，只是直着身子开车，我感觉到确实憋得受不了，就哈着腰走到司机背后说，师傅，我得上趟厕所，我快憋不住了，给您添麻烦。他还是不回答，好像我的要求特别离谱，一旦回答就损害了他的尊严。我只好用手指碰了碰他的肩膀说，师傅，我快要尿裤子了，您把车停一下。这时候我透过后视镜发现，他的眼睛是闭着的，我吓了一跳，以为是他眼睛小，我看错了。我把头伸过去看他的脸，没错，他睡着了，呼吸均匀，用鼻子吸气嘴巴呼气，伴随着轻微的鼾声，脸皮完全放松，在路灯的照映下有一层油光，但是双手还在操作着方向盘，前面有一个弧度不大的转弯，他很自然地把车拐了过去，两只脚也在根据路面的情况踩着油门和离合。我摇晃了一下他的肩膀，他跟着我摇晃，但是没有醒来，我使劲掐了一下他的脖子后面，他还是没有醒，只是好像被针扎了屁股一样，浑身一震，从座位上弹起一点点，然后又恢复了刚才的样子。此时的车速在90迈左右，我无法挪动他。我的膀胱就像是马上放学的孩子，已经无法抑制，我走回我父亲的身边，掀开他的被子，把他的尿不湿抽出来，这段时间他并没有排尿，尿不湿还是很干爽，只是有点温热，我看了一眼徐大夫，她睡得很沉，我就脱下裤子尿在了上面，尿液迅速被吸收，但是我这一泡尿确实很长，以至于尿完之后，尿不湿好像塞了棉花的被面一样，沉了不少。我把它又放回我父亲的屁股底下，他的双腿枯瘦，右大腿的上面还有一块红色的胎记，小时候我是知道的，现在我完全忘记了。我整理好自己的裤子，用手轻轻拍了拍徐大夫，醒一醒，我说，司机睡着了，我们得想想办法。她一动不动，我抓住她的胳膊摇，把她的胳膊从她的脑袋底下拽出，她从椅子上摔下来，像一袋面粉，还是不醒。我探了探她的鼻息，她还活着，只是面部比刚才紧张，眉头紧锁，偶尔叹气，把头在车底轻轻磕着，我把她抱回长椅，她突然问了一句，还有多久？我说，我不知道。她说，再给我一点时间，我马上写完了，然后就再没有声音。

  我只好坐回自己的位置，窗外已经没有能看见的汽车，只有夜雾升起，四下飘浮着一种乳白色，看来是离北京近了。我发现出发时我不但忘记了带钱，也忘记了带书，这时候太需要一本书带我离开这个地方，即使是一本过期的文学杂志也行。我在脑中努力回忆近期读的东西，希望能咀嚼它们，就像牛在反刍。我想起一首诗歌，准确地说是小半首，我记不起作者是谁，好像是在一个文友的QQ空间里看到的：

> 1962年，他不知道该怎么办。他/还年轻，很理想，也蛮左的，却戴着/右派的帽子。他在新疆饿得虚胖/逃回到长沙老家。他祖母给他炖了一锅/猪肚萝卜汤，里面还漂着几粒红枣儿/室内烧了香，香里有个向上的迷惘/这一天，他真的是一筹莫展/他想出门遛个弯儿，又不大想

后面还有很长，通通忘记了，猪肚萝卜汤，还有祖母，听着就很滋补，我应该是因为这个想起这首诗来，我现在挺需要一些这样的念头，人世间确实存在的联系，或者是某种散发着热气的东西，或者是略显吵闹的景象，以驱散此时的向下的迷惘。徐大夫的脑袋还在时不时地磕着椅子的表面，好像打点的座钟，我把自己的背包垫在她的头底下，背包里只有两包纸巾和一件外套，所以比较柔软。司机师傅依然熟练地操作着车辆，我相信他是在用耳

朵看着前方和后视镜，只是因为梦中无法言语，所以不能用嘴说出这个事实。

在我很小的时候，可能是我刚有记忆的时候，我和父亲谈到了死，原因是我的发问，今天大老肥说要打死我，他能打死我吗？他说，如果他想，他是可以的。那时他在洗菜，他会做几个简单的菜，但是从不吃土豆和萝卜，因为在做知青时把他的胃吃坏了，在菜市场看到这两样东西，他都会快速走过。我说，那我死了之后怎么办？还能再报仇吗？他说，不能了，你就彻底输了。我说，那你会死吗？他说，会的，我随时会死，人身体里有个心脏，像你拳头那么大，心脏不跳了，人就死了。我说，心脏为什么不跳了？它今天跳，明天跳，为什么有一天就不跳了呢？他说，它今天跳，明天可能就不跳，不过你的心脏很健康，你不会因为心脏的问题而死。我说，你怎么知道呢？他说，你出生时我听过，听过你的心脏，是健康的，按照概率，如果我的心脏有问题，你的心脏就应该没有问题，这是一个挺合理的概率，今天我们就说到这里，下次大老肥打你，你快点跑就是了，你就不会死了。

概率，我想起了这个词，他不善言辞，那我应该伶牙俐齿，我不算伶牙俐齿，但是我写一点东西，也算一种言辞，他没有朋友，我应该呼朋引类，至少应该有三五知己，这个以后也许会实现的，我有几个文学上的朋友，只要时间再久一点，应该可以成为知己，工作之后他几乎没离开过L市，除了上班就是回家，我应该长于远行，乐不思蜀，他去过北京吗？他应该是从没去过，那我迟早会去。他去过巴黎吗？应该也没去过，那我应该会去，在左岸住下，写写见闻，喝一点气泡酒。他爱的人在哪里呢？我没见过这个人，也没人跟我提起过，也许并没有这个人。那我应该遇见一个爱人，我认识她，她也认识我，她就在我身边，每天醒来就都可以见到，每当我接近危险的时候，她都会拉住我的衣襟，叫醒我，告诉我刚才是个噩梦。

徐大夫翻了一个身，但是很精确地没有从长椅上掉下来，我也闭上眼睛，现在车上的所有人都闭上眼睛了，大家进入了黑暗里的民主。突然我听见有人咳嗽，开始我以为是司机，但是我马上意识到不是他，这咳嗽声我太熟悉，好像一个人在揉搓砂纸，我睁开眼睛，是我父亲在咳嗽。他咳嗽得越来越剧烈，身体像押面一样波动，终于他把自己咳醒了。我说，爸。他看了看我，坐了起来，和过去一样，一旦醒来他的咳嗽声就停止了。他说，怎么这么呛？我说，我们快到北京了。他说，去北京干吗？我说，去给你看病，你犯了心脏病。他说，是了，我刚才看见自己的心脏了，它已经让虫子给嗑了，上面都是铁锈。虫子还和我聊了聊，说它也认识我爷爷。你也要去北京吗？我说，是啊，要不然谁照顾你呢？他说，荒唐，我不需要人照顾，现在几点了？我说，凌晨五点二十。他说，今天还没有打拳。这个尿不湿的味道太难闻了，你帮我把它拿走。说着他从被子里钻出来，站在地上开始打拳。打了二十分钟，坐了下来，说，后面的忘记了。我说，怎么可能？这套拳你打了四十年。他说，忘记了，一点也想不起来。我的一生就这么过去了。我说，还没有，你这不是好了？他说，我的一生就这么过去了，我早就知道，我的一生会这么过去，所以我打拳，我还能干什么呢？现在我把拳也忘记了，我轻松了，我终于熬了过来，我就这么把它耗完了。我说，你喝水吗？他说，我不渴，你有什么打算？我说，我不知道，我还不能接受没有你的生活，请你再坚持一下。他说，你高估了我的存在，从概率来讲，你的存在可能有些意义，你的存在吞掉了我的存在，从你出生那天起，你就用一个小勺，一点点把我吃没了，但是没关系的，你不用内疚，因为我没有迁就你，我抵抗了，只是没有作用而已。你打算什么时候结婚？我说，完全没想过。他说，嗯，等你有了儿子，你也会用勺子吃他，你就是这样的好胃口，我跟你讲过，我听过你的心脏，在你不知道的时候，你的心脏像飞机引擎一样结实，你听不到，我能听到，它每天都在我身边发出巨大的噪音。所以我沉默。

　　他果真沉默了一会，就像他过去一样，经常在谈话中停下来，不知他在想什么，或者也许就是忘记了他要说的东西。徐大夫又翻了一个身，这次她的脸从里侧翻到了外侧，眼睛也睁开了，不过我不确定她是不是在看我们。你说的东西对我没有帮助，她以一种不容置疑的语气说，没有帮助。我已经束手无策，你必须说点有用的，片子里都清清楚楚，所有的仪器都告诉了我真相，你想要撒谎是没有意义的，历史不会说谎，历史已经证明了像你这种人没有帮助。把你的病历本给我。她用手再次轻轻敲了敲脑袋，她的眼睛半睁半闭，这是谁写的？这字迹谁能看懂？谁能看懂？

父亲没有回答她，他的表情里充满费解，他不知道她在向他索要什么，也不知道为什么车里会有这样的一个病人。她忽然浑身一震，好像被谁踢了一脚，闭上眼睛不再说话了。

父亲说，你扶我一下。我走过去，把他扶上床，他顺势抱了抱我，他身上没有异味，倒是有一种儿童的清香，他在我耳边说，再见了，我们就走到这吧。我说，不，不要再见。你还不是老人，你得先变成一个老人。他说，再见了。他的眼神虚散了，我说，别睡，我们就要到了。他眼睛又睁大了些，说，你是谁？我说，我是你的儿子。他点点头，说，路上小心。说完，他躺平，伸手把被子给自己盖上，先是睡着了，发出了两声轻微的咳嗽之后，停止了呼吸。

显示屏的警报惊醒了徐大夫，醒来时她用手四下摸索，发现周围没什么东西之后，才完全清醒过来，她问我头下的东西是不是我垫的,我说是的,她说让她很不舒服。我跟她说了两个情况,一个是司机睡着很久了,一个是我父亲去世了。我看出她想安慰我,但是她的职业精神抑制了她的言语,她只是点了点头,把插在我父亲身上的吊瓶拔了下来,好像把毛衣又拆成了毛线。过了几分钟,司机师傅也醒了,他没有愧疚,因为他确实没有因此造成什么不好的结果,而且这一会的睡眠使他神清气爽,好像一天的生活才刚刚开始。他回头和徐大夫商量了一下,确定要顺原路返回。我征得了徐大夫的同意之后,在一个休息站下车,上了一趟厕所,回来时我确认两个人都还清醒,就在我父亲的脚边趴下。我感到轻松,失去了负累,失去了目标,伴随着自己心脏的跳动,我很快睡着了。

剧场

大学毕业之后，我就回到了Ｌ市的电视台工作。Ｌ市的电视台有五个频道，新闻频道、电视剧频道、体育频道、娱乐频道和教育频道。这五个频道面向市内的二百万人口和卫星城的三十万人口，统领共计二百三十万人的文娱生活，其他地方的人无论多么喜爱也看不到。我在新闻频道，一同入台的有七八个人，男女对半，在我眼里都是平庸之辈，估计他们对我的印象也差不多，所以相处比较融洽，他们玩他们的，我自己一个人待着，互不干扰。有时候下班之后他们会在办公室玩杀人游戏，用一副旧扑克牌和一条白色的长桌，据说此道能使大家相互增进了解，有时候我走到院子外面还能看到办公室的窗子里亮着灯，他们围坐在一块，相互撒谎和指认，我就加快脚步，拐进小巷，走到看不见灯光的地方。我有时候也经常思索，自己孤僻的性格是怎么形成的？我的父母都很孤僻，这显而易见，打我记事时起，家里就没怎么来过客人，偶尔有收电费的敲门，会让人十分紧张，好像有人要掀开被子看我们的脚底。他们二人一直是很有原则的人，把单位和家庭分得非常清楚，单位是工作挣钱的所在，家庭就是一个秘密组织，看起来也占了楼道里的空间，实则是虚空，是看不见的无，如同一家三口头上都顶着树叶，旁人是看不见的。家里头能有什么秘密呢？我也经常想，首先两人都是工人，并非特工，所聊的事情也就是工厂的人事和花边，家族里的远近和积怨，做的饭菜也是平常饭菜，芸豆炖粉条，小白菜汆丸子，早上一碗鸡蛋糕，并无什么秘方。存折上的数字不值一提，也没什么金银首饰，最值钱的东西恐怕是我奶奶送给我妈的一枚大金镏子，泛着铜光，上面还有几个牙印。所以我父母的孤僻十分让人费解，如果说是因为穷，我们家那个破筒子楼里住的都是穷人，我敢担保，没有一个富翁隐姓埋名住在这里，这些穷人大多吵闹，来往密切，因为时常需要别人的帮助，也需要在恰当的时候给予别人打击，单单是我的父母，没有自闭症，家里也没藏着拐来的孩子，一生关起门来过活，让我想破头也想不出原因。

　　我毕业之后，虽然还是回到了L市，但是并不在家继续住下去，而是在电视台旁边租了一个小房间，着手自己的生活。可是习惯是相当可怕的东西，即便我从小就相信自己的睿智，在十岁左右就看穿了我爸妈的生活并不可取，且相当可笑，但是到了我独自生活的时候，还是沾染上了他们的毛病，租下房子干的第一件事情，就是换了一把锁。我租的屋子有五十六平方米，一室一厅，房东是个公务员，在L市有七八套类似大小的房子，他都给统一装修了，好像是一家旅馆的房间，不小心失散，流落在市内各处。楼层在七楼，站在窗口举目远眺，可以清楚地看到一座高楼的脊背，就在窗户近前，骨节紧凑，这座高楼就是电视台新盖的行政楼。正因为此，这家的房租较为便宜，是同地段同大小房子的三分之二，不过只有住过才知道，虽然早晨没有光，如果不定闹钟是难以确定白昼到来的，但是到了傍晚，夕照日的反光会通过电视台大楼的脊背射进屋内，洒在窗台里头一步远的地方，如果只是以成见来看这屋子，是不可能认识到这一点的，这就是所谓的日久见人心。于是我买了一盆水仙，摆在窗台里头一步远的地方，自不待言，水仙长得非常好，以至于我都觉得乏味，没过多久我就又买了一盆月季。

我是个处女座，在九月份出生，入职之后的一个月，我就迎来了自己二十四岁的生日，那天是工作日，前天晚上我领到了一个任务，就是第二天早上自己扛着摄像机，去劳动公园拍一些老人晨练的镜头，与其说是任务，不如说是练习，拍完之后回来剪成一个五分钟的短片，向领导交差。我起得很早，天还没亮，就到了公园，林中已经有人压腿，男人看着不怎么老，也就四十来岁，把腿一踢，就搁在树上。旁边不远处，有一个五十来岁的女人在鼓捣手风琴，好像在给自己的脑袋套车。我把DV放在三脚架上，对着他们打开机器，站在旁边抽烟。男人一边压腿一边看我，等把两条腿压好就过来说，你干吗的？我说，电视台的。因为紧张，我使劲抽着烟，差点把整支烟吞进嘴里。他说，噢噢，你们注意到我了？我说，是，可以开始了吗？男人说，可以，我先打一套六合拳吧。我说，好，咱们循序渐进。男人打完拳之后，又练了一套剑，动作利落，目光炯炯，剑穗时不时拂在脸上。在他喝水的时候，女人拉起了手风琴，男人说，我还没练完呢。女人不理他，兀自拉着。至于我为什么回到L市工作，我觉得有两个充足的理由，第一条是我虽然在北京念的大学，学了文学，可是毕业之后并没有什么地方可去，无论我做什么，都将是过着小蚂蚁的生活，扛着比自己重几倍的东西前进，况且我的第一志愿并不是文学而是法律，因为分数不够被调剂到了文学院，无论是改弦更张还是将错就错，都觉得有点不值。我有一张北京的地铁卡，毕业时里面还剩三十几块钱，我就每天坐地铁游荡，直到钱花完了，就把地铁卡扔进了垃圾桶。第二条是我在L市有一个朋友，她叫曹西雪，是我筒子楼里的邻居。她是我唯一谈得来的人，从五六岁开始，我们就在一起谈天说地，只是她比我大一点，我五岁的时候，她八岁，她在本地念大学，毕业之后到了L市的一家银行工作。我毕业之前，她给我写过一封信，意思是这几年过得不错，中间还结过一次婚，几个月之后离了，生活比较充实，如果北京好玩，她也可以来玩，不过为保万全，我可以先回L市看看，此地近年大兴土木，已今非昔比。毕竟我们之间没有爱情，所以她说的话还是比较可信。

女人的手风琴拉得很响，另一个女人站在她身边唱起了歌，麦克连着一个黑色的音箱，每当唱到高音，音箱都发出严厉的叫声，并且伴随着轻微的抖动。实话说，抛开设备的因素，这个女人唱得是不错的，我边抽烟边朝她看去，她看上去五十六七岁年纪，相当消瘦，头发白了，也没有染，用一个发套绷住，个头不小，目测大概一米七，穿着一条米色的连衣裙，洗得相当干净，脚上穿一双棕色牛皮鞋，袜子也是米色的，包住脚踝。我听她唱了三首歌，知道再唱十首也是同一个样子，就把机器关了，打车回家。因为是在实习期，领导管得不严，也都没有定岗，回头我说自己拍了一天，交一点素材就行了。我上大学期间，准确地说，是在我大三的时候，我家的筒子楼着了一场火，起因是一个失业多年的人在家里搞发明，想要发明一种能使汽油更加充分燃烧的东西，这种滴剂的原材料也跟汽油沾亲，所以从逻辑上来说是无懈可击的。那天晚上他的发明先是引燃了他的被子和床单，进而烧向两户之间薄薄的胶合板，然后迅速在楼宇的主架构上蔓延。据幸存者称，整个筒子楼就像是一卷报纸，从起火到烧光，只用了大概一个小时。肇事者先死，浓烟涌进了他的喉咙，他死在窗台位置，临死前也没有捅开窗户，之后又烧死了十二人，重伤九人。火灾发生在冬天，虽然在家里，人们也都穿着毛衫和毛裤，这些东西被火一燎，有的直接燃起，人就变成了火球，有的迅速熔化，蚀进人的皮肤。有的家里因为暖气的热度不够，还用着小太阳取暖器，那种劣质的发热管，散发着红彤彤的不加掩饰的热浪，在一片混乱中，爆炸，风扇一样的铁罩破窗而出，掉在马路上。我能够想象家里起火的场景，我相信自己能够想象，从没来过客人的家里来了不速之客，两人的第一反应也许是自己仅有的家当，如果等待救援，第一反应为何并不会对结果产生什么影响，因为发明家就住在隔壁，在这种火势里头，即使是消防员本人恐怕也不好逃脱。但是令人惊异的是，两人最终没有被困在屋内，而是从四楼翻下，在紧要关头，他们离弃了住所，在空中飞了一会，我父亲手里还拿着我母亲的老花镜。两人不同程度地遭受了骨折和脑震荡，我父亲的一条腿永远地瘸了，但是两人都活了下来并且恢复了过去的生活，换了另一个场所关起门来生活。他们极少提起这场火灾，有亲戚问起便答说，就跟新闻里说的一样。就因为这个，我感到非常内疚，虽然就算我在，也不一定会比这个结果更好。

  回到家之后，我在床上翻了翻书，然后睡了一会。傍晚时分夕照日的光辉洒进窗台，我把水仙挪了一挪，使得阳光更准确地照在它们细长的叶子上。天快黑的时候，曹西雪给我打来了电话，邀请我出去走走。自从回来，我还没见过她,她说她最近有点忙,就要忙完了,然后我们就可以好好聊聊。我穿好衣服下楼坐公交车到了她说的指定地点,那是一个相当偏远的地方,坐公交车花了我大概四十分钟的时间,到了最后,车上只剩下我和司机两个人。四台子,那一站叫作四台子。我走下来发现曹西雪站在站牌的底下等我。一晃我们已经好几年没见,只是打打电话或者通信,她当然比过去老了一点,眼窝子比过去深了,她遗传她爸,身材比例有点问题,脖子长,腿短,屁股大,所以有点像一只鸭梨,但是她的五官长得非常不错,鹰钩鼻子,嘴很小,瓜子脸,若不是皮肤黑且有不少疙瘩,可以说有点像白俄的女人。自我记事起,她就一直有很强的语言表达能力,常把我说得一愣一愣的,觉得她那张小嘴是一个奇妙的设备,有时候感觉不是大脑在支配她的嘴,而是她的嘴在引领大脑,有时候她并不知道说什么,只是想张嘴,一旦张嘴,说的东西就来了,但是这也招来了一些问题,就是这人没有秘密,无事不可对人言,我长这么大,见过的人也不少,只有她做到了这一点。这点在我看来,是很好的习惯,因为我不具备这种能力,我有太多事情根本不想说,所以我经常跟她撒谎,但是她特别轻信,即使我说的话前后矛盾,她也不在乎,也不去推敲。可能我看起来比较木讷,不像是撒谎的人,其实我是我认识的人里面撒谎最多的一个,而曹西雪每天说那么多话,基本都是真的。了不起的人。

她把头发盘在脑袋瓜顶上，我从来没见过她这样的发型，因为这样一来，她的脖子以上就更加长了，像可以轻易被人抓起的把柄。她说，你怎么这么久才到？我说，我等了十五分钟，才来了一辆公交车，中间公交车刮了一辆小客，我又下来换了一辆。她说，我们这修了地铁，你应该坐地铁，地铁不会剐蹭。你怎么瘦成这样，你每天都吃什么？你什么时候打的耳钉？你打耳钉太难看了，像是小痞子，还不是骑摩托车那种，是骑电动车那种。今天你生日吧，我最近太忙，没准备礼物，没事儿吧，如果你生日是下个月，可能会好一点。我说，没事，你怎么把我约到这么远的地方来？她说，你跟我走，这地方人少，再往前走一点，人比这多。我跟她沿着路肩走，穿过一条细长的铁路，人并没有更多，又走了大概二十分钟，到了一座房子前面。房子有两层，底下是一扇门，上面是两扇窗子，左右两边什么也没有，这么说不太准确，左右两边是被扒掉的房子的地基，好像是柜子被移开后，露出的一片方块的灰尘。所以这房子的两个侧面，是两片外墙，灰白，一直延伸到挺深的后面，呈梯形，越往后越宽。我这才发现不只是这座房子两边的房子被扒掉了，而是这一片大概有一平方公里的房子都被扒掉了，只剩下这一座梯形房子还在。曹西雪说，这是我朋友的房子，她出国了，我帮她保护着呢。我说，出国旅游了？她说，不是，就是出国了，放弃了，你看这门，是三十年代的。我说，那你得帮她保护到什么时候？她说，看情况吧，我跟她也没那么熟。她用一把细长的黑铁钥匙打开了门，里面一片漆黑，她伸手打开灯，原来是一个剧场，最前面有一个木制舞台，长约三十米，宽约十米，帷幕在两旁耷拉着。座椅都为黄色，木制的，像舌苔一样立着。她说，二层住人，但是直腰费劲，我就住在二层。我说，你住这干吗？你单位在这附近？她说，我单位离这十五公里，我每天先骑车，再坐地铁，你看这墙，你摸摸，有弹孔，当年军阀在这儿因为戏子开过枪。我说，你还没回答我，你住这干吗？她说，这不是非常明显？我每天在这排戏。这是私产，而且有年头，政府扒不动，扒之前不知道，扒的过程中发现了这么一座东西，所以后续的开发都停了，以后怎么回事儿不清楚，我先用一段。我说，你什么时候开始演戏了？你从来没跟我说过，你演给谁看呢？她说，这是我的新爱好，现在有了这个地方，才有了这个爱好，这叫你给我多大鞋，我就有多大脚，懂不？没人看，自己演着玩，这么好的舞台，闲着也是闲着，你没有过这种感觉吗？看见一片大海，不管会不会游泳，都想下去，一样的感觉。我看着曹西雪，她没变，这几年她不见我，我也非常理解，她父亲，那个发明家，烧死了那么多人，我爸也因此瘸了，她肯定不想见我，但是她还是给我写信，她永远有话说，她绝口不提她爸，她没有向我道歉，她为什么要向我道歉呢？她爸生下了她，又不是她生了她爸。但是如果仔细看她的嘴,她还是变了,她变得有点固执,强烈地相信自己,她过去说话也多,但是中间是喘气的,她现在说话是一口气,嘴动得飞快,直到说到自己这口气耗完才停下。她在信里说她游了两年泳,每天几千米,确实,她现在的肩膀好像男人一样宽,脖子根粗了一圈,水能救火,是这么回事儿。她还说她用业余时间在区图书馆当义工,做了一年多,手磨了不少茧子,后来图书馆拆迁,合并到市图书馆里头,义工减半,她就不再做了。之后她又去过砂山的在编教堂做过一阵子,因为确实信不上宗教,又对体制和仪式厌烦,做了大半年也不做了。

我被还没叠,就不请你上二楼看了,她说。我说,没事,这能做饭吗?她说,做不了,水电都停了,但是我弄了个发电机,照明是可以的。灯是戏的胆啊。我说,你可真不得了。她说,不难的,想起来麻烦,做起来不难。你要是饿了,我们就去附近吃点,我晚上不吃饭。我撒谎说,我也不吃,毕业之后胖了六七斤,原来的裤子都不能穿了。你演什么戏?她说,你问着了,我过去都演莎士比亚和契诃夫,当然不是我一个人,我手里有不少演员。现在我想排一出新戏。我说,还有其他演员?她说,废话,我一个人在这演来演去不成神经病了?找你来,是让你写一出戏给我们演。我说,缘木求鱼了,我哪会写戏?你说的莎士比亚,契诃夫,我一个字没读过。她说,你不是学文学的吗?就你刚才那句成语我就不会说,你能写。我说，两码事，我对这玩意儿一点不感兴趣，每年有那么多学政治学的，有几个当总理了？她说，你能写，我看人不会错，你从小到大撒了那么多谎，写个戏一点都不难。你就把你装傻的功夫拿出来，准能写好。我观察你很久了，你别的干不了，写戏你有天分，坐在那，用手一拍脑壳就写一出，一会我的演员过来，你看一眼我们的排练，找找感觉。我说，我实在是，怎么说呢？我突然有点头晕。她说，头晕？我说，是，头晕，上不来气，浑身没劲，你别动，我现在看你双影儿，你一动我就想吐，我得回家躺会儿。她说，你不喜欢我这个地方是吗？我说，不是不是，我确实是不舒服，一天没吃饭，刚才坐车又给闷着了，我改天再来吧，我坐不动公交车了，我打个车回去。曹西雪歪着头盯着我看，好像发现了一个山洞，看看里面是不是有豺狼，看了几秒钟，她说，我看你确实不舒服，你回去吧，我们周二周三七点排练，你有空再来吧。我伸手拍了拍她的胳膊，转身从厚厚的木门走了出去。

天已经黑了，我打了一辆出租车回到家，感觉真的眩晕，那地方关得太严，墙上的窗户不小，都锁着，地上有灰尘，座位上的螺丝散发着怪味。我在厨房里找到一点馒头片吃了，然后就睡了，时间还不到九点。

这一觉睡得很实很长，醒来时觉得神清气爽，好像自己都长个儿了，窗外大厦的脊背遮住了所有能骚扰我的光，我就在这密实的黑暗里头睡到实在清醒了，才起来洗漱。十点多我到了台里，给领导交带子，领导已经看了六七盘实习生的带子，机房里气氛肃穆，那几个活跃的同志都站着，好像被揪出的叛徒，我才发现，我不但迟到，而且片子也没有剪，别人的片子不但有特写，有音乐，还有低音朗诵的旁白。领导说，你昨天晚上出工了？我说，没有。他说，那你为什么现在才来？我说，我的一个发小掉到下水井里头了，我早上去看她。他看着我说，哪里的下水井？我说，新华街玩具城对面那个，她一边走一边给我打电话，突然掉到了井盖里，摔掉了四颗牙，我想这多少有点我的责任，我就赶过去了。他说，你拍下来了吗？我说，什么？他说，你把这个事儿拍下来了吗？我说，没有，我还没有养成记者的直觉，我反省。他说，把你的带子拿来。我也是第一次看我的片子，先是一个人压腿，询问，然后打拳，之后就是一个女人拉手风琴，另一个女人唱歌，唱了三首，音乐结束的时候片子也停了。她唱得真好，当时没觉得，现在才发现她在对着摄像机唱。他说，你在拍什么？我说，我想拍这几个人的状态。他说，好，什么状态？我说，早晨的状态。他说，这女的是歌唱家吗？我说，不是。但是她打动了我。你听听她这一句，倒一下，我就像那花一样在等他到来，拍拍我的肩我就会听你的安排。前面有点不稳，但是这一句唱得特别好。他说，嗯，我得对你负责，我上头有人要对我负责，你明白吧？你先休息两天，不要来了。把机器放在桌子上，你让我想想。

晚上我去父母家吃了口饭，吃完饭看两人打牌，他们俩玩一种积分制的牌，玩了很多年，我怀疑是他们在某一个牌种的基础上发明的。要用两副牌，先翻牌确定谁先出，然后另一个人根据花色或者点数粘上去，粘不住时就要再抓，打到最后谁手里的牌多，谁就输了。我看他们玩了半个小时，就跟他们告别走了。走到路上，我给曹西雪打了一个电话，她没有接，我就直接坐地铁到四台子，然后出地铁走了大概二十分钟，找到了那座房子。房子的马路对面站着两个男人，九月的夜晚里面，两人都穿着长袖衬衫，一件是白色的，一件是黄色的，都扎着裤带，穿着黑色的西装长裤。其中一个腋下夹着一只扁包。两人挨得挺近，额角秃露，看着房子，并不怎么交谈，好像是偶然在美术馆相遇的两个陌生人，站在一幅卷轴前面。我看了他们一会，他们也看了看我，几分钟之后我敲了敲门，没人应答，我又用手机给曹西雪打了个电话，这回她接了，我说，我在门口。她说，好，你坐地铁来的？我说，是。她说，你的眩晕好了？我说，是。她说，我后来想了，也许是低血糖，低血糖是很危险的。你自己来的？我说，是，你能不能先让我进去？她说，好，这就来。又过了大概四五分钟，她从里面打开了门，进去之后，我发现舞台上面的光开着，非常亮，好像深山里的一处火灾，六七个人坐在舞台上面休息。我走近了一点，这些人年纪不等，一共六个，都是女性，有两个大概是曹西雪这样的年纪，其余的稍大，最大的也超不过四十岁，五个人闭着眼睛，一个人睁着眼，我马上意识到她们都是盲人。

我在砂山教堂认识的，曹西雪站在我身边说。我和她们的家人都很熟，每周二和周三，我用车把她们接来，十点之前把她们送回去，周日她们去教堂做礼拜。今天我们排《暴风雨》，你看一下。我没有再走近，我说，我还是不看了吧。她说，看又不用费多少力气，为什么不看？我说，不看了，实话说，我不喜欢你这套做法。她说，你什么意思？我说，你这屋子里缺少通风，我也不了解《暴风雨》，谁演暴风雨？她说，没人。我说，嗯，我不了解，我爸的拐杖旧了，我去给他买根新的。她扭过头来看着我说，你他妈的……我说，我最近丢了工作，我有了不少时间，也许可以给你们写一出戏，你们一共七个人吧，算我八个，你还需要吗？她说，你走吧，我知道你的意思，人各有命，我很累了，我们不要再说下去了。我说，这就是你救自己的方式？她抬起头，笑着说，当初怎么没烧死你呢？

我扭头走了出去，对街的两个男人已经不见了，我才注意到房后停着一辆面包车，想来曹西雪是用这台车把她们接来的。我可能有点过分了，我心里想，但是我现在一秒钟也不想看见这个梯形的房子，所以我快步地走开了。

第一幕

一间陈旧的书房里,一个穿黑色长袍的男人正坐在躺椅上看书。烛火照在他脸上,微微晃动。他看上去六十几岁年纪,身材颀长,两只脚放在一块脚踏上,脚趾偶尔动动。有人敲门。

男人:进来。

仆人:大师。

男人:我们还有多久靠岸?跟我说说,为什么你面如枯槁?

仆人:大概还有七天,沿途的城池越来越寥落,大多数人都逃走了。

男人:还有几个人跟着我?船上这么安静,越来越符合我的心意。

仆人:只剩我一个,毕竟人人都怕瘟疫,除了我之外,没人相信您的神力。

男人:我说了很多次,我没有神力,我只是回故乡看看,如果有人活着,我就跟他说说话,就是这样的打算。不早了,睡吧,养好精神,早睡早起,才不会轻易被瘟疫吞没。

仆人躬身退下,男人站起来在屋内走了走,房间一晃,他差点摔了一跤,坐稳之后,他又拿起书看,面带微笑，津津有味。夜深似海，他还是一点困意都没有。有人敲门。

男人：进来。

仆人：大师。

男人：你怎么还没有睡？你也要走了吗？

仆人：恕我直言，现在走也已经来不及了，不是茫茫大海就是瘟疫横行的码头，我会一直跟着您。

男人：把我们备的草药吃上，如果我们能活着回来，你会得到无限的尊崇，我会为你塑一座像，就是你现在这样哀苦的模样。

仆人：我们的正前方划来一艘小船，向我们求救，救还是不救？

男人：为什么不救？不要耽搁，赶快救。

仆人：上船容易下船难，何况也许他们带着最可怕的瘟疫。

男人：他们用什么话呼喊？

仆人：用您的乡音。

男人：救他们上来，让我跟他们聊一聊，也许可以缩短我们的旅程。

仆人：听您的。

仆人躬身退下，不一会，他脸蒙口罩，身穿罩衣，领着六个女人上来，六个女人互相手拉着手，走得摇摇晃晃，走进男人的书房。

仆人：我把她们领来了，她们有病，都已经瞎了。

男人：无妨，你去休息吧。如果不是我声嘶力竭地呼喊，不要进来。

男人在地上铺了一张席子。

男人：你们坐下吧，跟我说说 L 城的事。你们是天生失明还是瘟疫所致？

女人甲：回禀老爷，我们是因为瘟疫才落得如此下场，虽然我们也因为保住了性命而高兴。

男人说：瘟疫从何而来，何时开始，是上天的降怒，还是人们的失常或者是动物的疯狂？请你们跟我讲讲。

女人乙：回禀老爷，在满足您的好奇心之前，可否给我们一口水喝？我们已经在水上漂流了十天，现在干渴得如同龟裂的土地。

男人：我这有水，你们尽可享用，还有一些果酒，如不嫌弃，可以当作解渴的饮料。

女人丙：一杯美酒下肚，万般思绪飘升。老爷天庭饱满，地阁方圆，远远一看便知可长命百岁，一定三妻四妾，儿孙满堂。可有果蔬牛肉给我们下酒？我们已经好久没吃像样的东西，牙缝里都是灰尘。

男人：茶几上的东西随便取用，不要客气。我孤身一人，没有妻儿，况且尊驾目盲，怎么能看到我的容貌？我虽然健康，但是瘦骨嶙峋，脸形细长，绝不方圆。吃吧，吃完再讲。

女人丁：讲到瘟疫的原因，人人都能讲出一个理由。我们六人在水上漂浮，目不能见，只能说话，说了十天，精疲力尽，终于得到了一个大家都同意的理由。老爷这可有烟抽？

男人：不要停下，说说这个理由。我不抽烟，万望见谅。

女人丁：是三个月前的一场大火。这一场大火起在夜晚，烧到白天，绵延数里，烧掉了三百座木房，五百户人家，一千多个贫苦人。之后瘟疫就来了。

男人：火是极热之物，瘟疫是湿濡之象，火怎可燃起瘟疫？我不能解。

女人戊：这火不同于平常的火，烧完了之后，没见一个尸首，只见白烟。之后降了一场夏雨，白烟也逝。再之后，满街便是游魂，他们有的藏在人的头发里，有的骑在人的脖子上，有的藏在人的眼白中，有的藏在人的嘴里，有的藏在人的裤兜中。我们六人本来在一个郊外聚会唱歌，同时感觉眼睛里进了东西，我们听见眼球里有滋滋的声响，像有钉子钉进，剧痛，之后就都盲了。

男人：因何起火？可有人知道？

女人己：我知道，据说是一个父亲因莫须有的罪名鞭笞了儿子，儿子夜里便放了一把火，想烧死父亲，结果火借风势，不但烧死了父亲，把他自己也烧死了，之后火势便一路游窜，不可收拾。

女人甲：说得好像看见了一样，我听说并非如此。

男人：你讲。

女人甲：我听说一条龙化身为蛇，蛰伏在一家的房梁，等待雷鸣之夜便可飞天，可是一个醉鬼发现了它，把它逮住了泡进了酒里。几个月之后，蛇已死，醉鬼喝这泡酒，突然一个火球从他腹中裂出，才酿成了大火。

女人乙：所谓道听途说，未可甚矣，起火时我就在附近，还曾担了水去救，因何起火，我最清楚。

男人：你讲。

女人乙：一个少年十五岁时双亲殁，之后他便出去游学，一路宦升，可是他忘记了他还有一个姐姐，姐姐盼他而不归，死于饥馁，后化身为鬼，盘桓于旧宅，三个月前，听说少年已经六十，要回家省亲，鬼姊高兴，在楼宇间放起了爆竹，没想到阴间之火窜到了阳间，引起了大火。

女人丙：不知害臊！起火时我就在隔壁，侥幸逃出，来龙去脉，谁能比我更清楚？

男人：你讲。

女人丙：我的隔壁住着一个穷书生，每天念念有词，说是L城已被上天遗弃，迟早要降灾于此，他每天埋头苦读，想要找出破解之法。终于有一天，他的油灯在他睡着后翻覆，燃起了他的被褥和木床，导致了连绵的大火。

男人：如此而已？

女人丙：如此而已。别忘了，我们每人眼中都钉着一个游魂。

（停顿）

男人：如果我现在赶到L城，会看到什么？

女人戊：L城已空。

女人己：人分陆路、水路都已逃走。

女人甲：雨还未停，不大不小，下了几个月。

女人乙：神明与魔鬼，皆已撤足。

女人丙：满街游魂，无可依傍，彻夜啼哭，极为可怖。

女人丁：去则死，返则生。

男人站起踱步，六个女人把盲眼向着他。男人摇了摇铃铛。

仆人：大师。

男人：我们离L市还有多远？

仆人：还有三十里，以我们现在的速度，明晚可到，如是回头，粮草也够。

（停顿）

六个女人唱起歌来：

> 大海黑骏骏，风儿送低语，
> 魔鬼在人间，地狱空荡荡。

天火烧不尽，吾等筋骨躯，

大雨浇不灭，尔等贪嗔相。

游子少离家，归时一张皮，

相逢不相识，唯有泪两行。

儿时天落雪，母姊给汤碗，

而今鬓斑白，无处把身藏。

去时怀心属，归来似尘土，

谁能如草木，一岁一相忘。

所有过往，皆为序章。

所有过往，皆为序章。

男人：我们的船还能更快吗？

仆人：可以，因为一路无船，还可以更快。最快明早可到。

男人：挂起所有的帆，扔掉无用的东西，我们全速前进。

离开 L 市之前，我先去看了看我的父母，跟他们说了一下我的决定，两人都没有异议，毕竟我已经没了工作，而且大学同学很多都在北京，还可相互照应。我把新买的拐杖给我爸，刚好花了我实习期的一个月工资，我妈给了我一个地址，说她有个远房亲戚住在北京，我有空可以去走动一下。上大学之前她就给过我这个地址，我去过，人家已经搬了，我没说什么，还是把地址拿上，万一他们又搬回来了呢。第二天我把租的房子打扫干净，水仙和月季拿到楼下扔进垃圾桶，然后给房东打了一个电话，说我明天就不住了，房租已经付了整月，剩下的我也不要了。房东问我为什么突然不住了，我说我准备回北京去。他说，北京有什么好呢？走起来停不住的，回头又要去纽约，又要去月球了。聊了几分钟，对方想起来相互不熟，客气了一句就把电话挂掉了。我买了后一天晚上的卧铺，早上起来没吃早饭，就去了劳动公园，那个唱歌的女人果然在。我听她唱了五首歌，她也认出了我，唱完之后冲我微微点了点头，我想和她说点什么，转念一想又作罢，我感觉出她也是这个意思，如果我走近，她可能先我离开。之后我在长椅上睡了一会，游荡了一下午，L市新建了不少大马路，我打了个车，行李放在后备箱，用手机导航都逛了一逛，天黑之后，我让司机师傅帮我开到四台子。其实没到近前我已经发现，但是还是开到近前我才确定，那个梯形的房子没了。被扒掉了。只剩下一个梯形的灰迹。我没有下车，只是在车窗看了一眼，司机说，还往哪去？我说，去火车站吧，师傅你知道这原来有一个二层小楼吗？司机说，你去南站北站？我说，南站。司机说，送完你我得回家吃饭了，我他妈一天没有吃饭。

火星

魏明磊坐在汽车的副驾驶，早早勒上安全带，一路无话。临到了高红住的宾馆楼下，他突然对司机说，你停一下，我想回去。司机载上他的前十分钟，一直在与他讲话，单田芳去世了，你知道吧，现在再听单田芳的评书，感觉有点怪怪的，你有这个感觉没？中美贸易战不能再打了，你看新世界的大超市，好大个超市，关掉了，都是马云这个小猴子搞坏的，你说是这个道理吧？魏明磊也不看手机，也不回答，也没睡着，也不东张西望，只是呆坐着，透过挡风玻璃往前看，天空黑漆漆的，路上没几个车，刚落过一点小雨，玻璃上还有雨刷的印子，像信封上的胶条一样糊在他眼前。司机说得无趣，渐渐怀疑他耳朵有病，不说了。你要回去？司机问。魏明磊说，是，原路返回。司机说，那麻烦你再打个车吧。魏明磊，我付你钱，你不要担心。司机说，我知道的，看你的样子也不是耍人的，是我到家了，你看这条路，我开进去，就是我的家了，拜托你再打个车，我要收工喽。魏明磊看了看手表，凌晨一点四十五，确实不早了，他结了车费下车，把自己黑色的双肩包背上，目送出租车开进了一条小巷子里，躲过一些杂物，直到尾灯看不见了。

高红住的宾馆有九十几层，一楼的大堂外面站了好几个西装革履的年轻人，嘴边都挂着耳麦，不过耳麦并不影响他们近距离地交谈。几个人好像一个人的不同时期一样，站成一排说着话，时不时把在门口停得太久的车赶走。虽然已过了午夜，还是有不少人走进走出，车子来来往往，停了走，走了停，有人从车窗伸出脖子争吵，看人逼近马上摇上车窗走掉，有硕大的外国人从车上走下来，后面跟着玩具一样的孩子，也有人腋下夹着笔记本电脑，下车时还在用蓝牙耳机说着话，靠着直觉走进宾馆大堂。魏明磊是个小学体育老师，他的主项是足球，后来踵骨裂了就不再踢了，一道小小的裂缝足以使他无法快跑和纵跳。不过在学校里他还是教踢足球，主要是带孩子玩，给他们吹哨，解决他们的纠纷。他特别注重运动前的准备活动，这跟他自己的经历有关，如果不是重伤，他本可以成为一个优秀的守门员。魏明磊个子不高，但是门内技术出色，善于逮捕下三路的皮球，他性格并不张扬，不知为何很快便能赢得后防线队友的信任，大家都愿意听他组织防守，万般无奈时会把球回传给他处理。他有个外号叫"保险箱"，这是教练给他起的，当时看上去确实蛮有前途的。

他掏出手机看了看，高红还没有给他回微信，高红上午的时候告诉他,她的活动地点距离此宾馆不远,也就五分钟车程,但是回来时要走地下车库,请他先到门口,她快到时会微信他。这个细长高耸的家伙就在小巷旁边,挨着两条街的转角,对面是一个明亮的商场,虽然已经打烊,一楼的奢侈品店还是奢侈地亮着灯,好像因为贵重而失眠了。魏明磊做球员时曾经去过不少城市,二十岁之后就少了,上海他来过,踢过一场平淡的比赛,他还记得那次比赛在一次争顶中他的拳头击开了对方前锋的眉骨,那是他对那场比赛唯一的记忆,一个和他年纪相仿的少年因为流血而愤愤不平地退出了和他的对决。高红是他的初中同学,那是一个特别的初中,以纪律弛废著称,换句话说就是比较开放,而开放是封闭造成的,因为这个学校在城郊的山麓建立了一个分校,初二之后就要到分校去封闭,一周可以回家换一批衣服。少年少女们被锁闭在山脚下,再多的老师和教鞭也是无用的,在图书馆的书架中,在操场的死角处,在宿舍的蚊帐里,许多人了解了自己的和他人的身体。同班同学之间,不同班级之间,上下年级之间大量地通信,信件有时比身体更让人激动,这些没有邮票和邮编的信在手和手之间,在抽屉和抽屉之间,在抛掷和降落之间传递,造就了许多短暂的情缘,而一旦离开了这个山脚,好像所有已有的情感都失灵了,如同堤坝拆毁,河水转平。可是这些记忆在魏明磊的心中如同宠物一样豢养着,一刻也没有放松过,如果一幅伟大的壁画无时无刻不在脱落的话，那这些在魏明磊心中的记忆不但没有脱落，而且还不停地复原，不停地生长，不停地蔓延。初三上学期他去了足校，离开了这所学校，他出众的足球才华使他孤独地走开了，他本可以拥有更多的记忆的，命运却像一个人贩子一样把他拐走了。使他略感宽慰的是，这座分校几年之后也被取缔了，变成了温泉浴场。原来的校舍和图书馆被抹平重建成一个个小房子，操场处变成了一个游泳池，只有原来的锅炉房还保留了。

魏明磊在心里掂量了一下，是站在距离大门十米的地方等，还是走进酒店的大堂坐下，犹豫之间他已经站在原地等了二十分钟，于是也不想动了。上海的九月还很温暖，醉酒的人也不多，偶有行人，也都是非常理智地走在路上，小心地瞄着机动车的走势。他一直把手机拿在手里，像揉核桃一样揉着，不停地翻个儿。他结过一次婚，后来平静地分开了，没有孩子，问题出在女方的一次出国公干上，这种事情其实也不用过多地解释争辩，两人当初相爱是因为有默契，到了这个时候，默契依然存在，魏明磊要回了自己的房子，女方认领了一台小汽车，他们两个认识十二年，恋爱五年，结婚两年，达成一致到办理手续只用了三天，之后他发现他再也看不到对方的朋友圈了，而他的朋友圈还向对方敞开着，他等了几天，终于也将其关闭了。夜里几次醒来，他觉得自己可能会死，不是伤心而死，而是着火地震或者心肌梗塞，或者头顶的吊灯年久失修掉下来把他砸死了，那倒没什么，只是他要孤独地死去，死在双人床上，没人救他或者替他呼救。他在想是不是这十几年的时间他错过了什么，他忽然发现对方已然成长成熟，而且性格在与世俗的交手中悄悄增加着厚度和神秘，他却还是过去那个人，最大的快乐还是买一双新出的球鞋，虽然自己已经跑不快了，他的学生突然练会了左脚，夜里他做梦也会梦见这件事，想把对方叫起来说一说，自己为了这个付出了多少心思，他喜爱的球队打进了欧冠决赛，他因此焦虑，害怕主帅排出的阵容不符合他的心意，中了对方的陷阱。住在自己要回的房子里，有时候他会恍然失神，他也许还年少或者已经老了，总之他不应该是现在这个人，他的此刻既像过去也像未来，是不是他正常得有点古怪了，以为在公转其实一直自转不休？或者远远没在世界之中，远离所有人希求趋近的方向，但是他是怎么做到的呢？他一时觉得绝望，过了一会又感到自豪，那就这样吧，我谁的也不欠，他对自己说，虽然我不是算账的，但是如果某个地方有个账本的话，我谁的也不欠，他终于理清了自己的思路，必须承认自己，自己，自，己，是他仅有的东西。

大概夜里两点一刻的时候，高红来了微信，说是往回走了，问他在哪里。他回说已经到了宾馆附近，只是有点堵车。高红说，这个点还堵车？他说，有施工，面前一条长沟，马上就过来了。高红说，我会从车库回到自己的房间，你在大堂等一下，会有一个穿帽衫的年轻人把你带过来，你穿什么衣服？他说，我穿蓝色的阿迪达斯运动外套，身高一米七五左右。高红回给他一个大拇指。魏明磊把手机放进外套兜里，向酒店大堂走去，双肩包紧紧贴着他的后背，好像在推着他往前走。大堂的中央有一个水池，里面游着五彩的鲤鱼，他刚刚站定，穿帽衫的年轻人就走到他近前，是魏老师吗？他说，然后引着魏明磊走上电梯，电梯向上飞驰，停在八十五楼，魏明磊有些耳鸣，年轻人看着非常干练，电梯中一直把手机放在耳朵上听语音信息，然后贴上嘴唇说，我跟你说了，不可以，说得太多了，人家一看就知道是你们给写的，那有什么用呢？这不懂？走到房门前，年轻人按了门铃，这时他回头对魏明磊说，您从哪来？魏明磊还没回答，房门开了，一个大眼睛的年轻女孩开了门，对帽衫说，褪黑素买了吗？帽衫说，谁让我买褪黑素了？女孩说，别废话了，赶紧去吧，谁让你买的不还都一样？帽衫说，傻逼。然后转身走了。女孩说，您是魏老师吧？魏明磊说，我是。女孩说，不好意思，身份证给我看一下。魏明磊掏出钱包，把身份证抽出来递给女孩，女孩扫了一眼，把身份证放进自己宽阔的裤兜里说，请进吧，娅姐等你半天了，今晚她下台时扭了脚，要不然都想自己下楼接你了。是个套间，温度很高，女孩只穿了一件T恤，两条细胳膊光秃秃地反着光，T恤上面印着一行竖排字：艺术是无止境的纵欲。旁边画着一个裤腰带被人抽走的男人。

高红在初中期间给魏明磊写过大概三百封书信，涉及当时生活的方方面面，两人平时并不特别熟悉，有些人在一段时间内可以熟得像混合果汁一样，他们俩还是苹果和橙子，并没有混淆界限。两人没有绰号，没有昵称，信的起首都是高红您好，魏明磊你好，然后说自己想说的东西，询问对方一些事情。具体是什么时候开始通信的，如果以魏明磊的回忆为准的话，是因为一次送信人的失误，与魏明磊同班，有一个男孩叫作戴明磊，发音迥异，字形却像，而且两人都在班级的足球队，于是魏明磊代替戴明磊接了信，自己并没有发觉，也回了信。之后两人就忘记了戴明磊，兀自通信了。但是如果以高红的记忆为准的话，她是写信给魏明磊的，她根本不认识戴明磊，也没有跟他通信的兴趣，她是在一次班级之间的足球比赛里看到了魏明磊的表现，觉得他颇有大将风度，可靠，和其他急于表现的毛躁的男孩子不同，才决定给他写信的，只是一时笔误，写成了戴明磊。事实只有一个，解释分成两个，这是两人开始通信时探讨的第一个问题，一个根本上的错误或者细节上的错误成了这个联系的第一个扣子，这在两个人的心中都是挺好玩的事情。高红的演艺事业始于舞台剧，之后改了名字，叫作高静娅，进入影视行当，在她的事业发展中充满了自觉，也充满了偶然，其中边边角角，枝枝丫丫不可尽言，目前她已经像一个家长一样可以养活一群人，三十六岁，最好的年纪，也是最危险的年纪，但是确实没人知道，包括她的经纪人、助理、化妆师、家人，她为什么突然想起了初中时候写过的那些信，她没给别人写过，之前没写过，之后也没写过，只在那几年里产生了几百封信。她为什么早不想起，晚不想起，突然在一个毫不特殊的早晨想了起来，然后指示她的助手找到这个人，问这些信还在不在。当魏明磊说，还在，而且没有丢失一封的时候，她的助手感觉到天塌了下来，也不得不佩服娅姐细密的心思，在很多人恐惧未来的时候，她想起了危险的昨天。高红再次显示出高人一筹的风度，她亲自加了魏明磊的微信，给他订了头等舱的机票，让他把信带到上海来。还是都拿来吧，她在微信中含蓄地说，少一封似乎就不对了，它们是完整的，不能丢下任何一个。

细胳膊女孩问他喝什么，他说喝水，女孩给他倒了一杯温水，这时高红从卧室走了出来，魏明磊站了起来。高红和初中时候相比，明显长了个子，头发也多了，此时她化了淡妆，穿了一件白色的长袖衬衫，底下是一条黑色的八分裤，露出洁白的半截小腿，藕荷色的拖鞋穿在脚上，显得和衣裤非常搭配。只是一只脚踝上裹着绷带，绷带层层叠叠，显得相当协调，好像是一个装饰。高红伸出手来说，魏明磊你好。魏明磊轻轻地把她的手团在掌心说，你好高红。高红说，你没怎么变，怎么样，来得还顺利吗？魏明磊说，顺利，能不能先把身份证还给我？高红说，什么身份证？魏明磊说，刚才那个女孩不小心把我的身份证装在她的兜里了。高红说，凌子？没人答应，女孩不知什么时候走掉了。魏明磊说，走得好快。高红说，她一会就回来了，他们一天的事情特别多，经常犯错，你别见怪。你还是变了一点。你说话流利了。魏明磊说，我以前说话不这样？高红说，不这样，小时候你说话断断续续的，不是结巴，是不流畅，可能是我记错了，我们没怎么说过话。信带来了吗？魏明磊说，带来了，一共三百一十二封，应该没有遗漏。魏明磊说话时也在观察着自己，我说话流利了吗？刚才我还很紧张，感觉有尿，现在情绪倒是平稳些，原因何在？高静娅已不是初中时那个人了，这可能是他放松的重要原因之一。她走出来时，魏明磊仔细观察着她，一时觉得自己进错了房间，她是高红吗？长得大不一样了，开始时他觉得只是个子高了，发型复杂了，现在看来似乎眼睛的形状也变了，嘴唇也厚了点，下巴也小了，这都可以理解，毕竟吃了这口饭，多少要在脸面上投资，奇怪的是脖子似乎也长了，肩膀也窄了，双腿怎么如此之顺直？他记得初中时她上身长，腿短，坐着显高，站起来显挫，什么样的手术可以把脖子拉长呢？他一时怀疑明星都有替身，就像一些危险的动作需要替身一样。那就坏了。我让她感到危险吗？他在路上其实一直没有思考这个问题，从上楼到进门后的种种，他忽然意识到自己是个危险人物，对的，他是属于过去的权威，是针对现在的刺客，是她无保护措施时代的证人。要不要给你点点吃的？她说。他没有回答，盯着她的眼睛看。这我也不熟，我们就看看附近哪个评价比较好，她说。说着她拿起手机，他看着她低垂的睫毛，突然意识到自己的污秽和担心之无谓，她是高红，她不是因为当了演员之后，才拉长了脖子，而是她的脖子长了之后，才当了演员的。

魏明磊说，我一点不饿，信都在这里，你看看，没什么问题的话我就走了。高红说，你还有事？魏明磊说，没有。高红说，你是专程为我而来的吧，不像你在微信说的正好顺便。魏明磊说，嗯。高红说，那就别着急了，我们把这些信看一看。高红把魏明磊从背包拿出的信在茶几上摊开。你看这些信封上还有我爸任教的大学的名字，他现在已经中风了，不会说话了。魏明磊说，什么时候的事？高红说，别假装客套了，他当时还去学校看过你。魏明磊说，看过我？高红说，他偷看过你给我写的信，想看看你是个什么样的人。魏明磊说，看过之后怎么说？高红说，什么也没说。但是他今年卧床之前突然说起了你，就在中风前两天，我也不知道为什么。他一边洗碗一边说，那个小魏在干吗？就是那个每封信的结尾都写"此致敬礼"的小魏。恕我直言，我这才想起了你，你不会生气吧？魏明磊说，完全没有，只是觉得心里难过。高红说，完全用不着，你没见过他，你的难过是人道主义的，毫无意义。我一般睡前喝酒，你喝一点吗？你要假装拒绝需要我再劝一次吗？魏明磊说，不用，我也喝一点。我的难过不是这样的，因为他是你的父亲，所以不是这样的。高红没有听见他后面的话，她站起身来从冰箱里拿出一支香槟，这支有点甜，你没问题吧？魏明磊说，没问题，我没喝过。高红说，没有酒杯，我就不叫人了，我们拿茶杯吧。魏明磊是个酒量很大的人，但是并不爱喝酒，他觉得可能还是自己早年运动员的经历，使自己身体内部的代谢速度比较快，这也有些问题，就是酒精并不能令他感到放松和兴奋，他也不能借助这个东西变成另一个人。相反，他总是越喝越清醒，一些过去不会思考的问题，喝了很多酒之后倒会琢磨，所以他的特点是越喝酒话越少，越沉郁，越像是一个心事重重的人。在他结婚那天，他喝了大量的啤酒和红酒，做了不知道几个游戏，把娘家的几个小伙子全都喝得烂醉如泥，回到房间时他突然感觉到虚空，太太因为疲惫很快睡着了，他久久不能入睡，不知为什么，他忽然觉得自己是个虚伪的人，这是个虚伪的世界，为什么这么想，他也不知道，等他睡着了，他就把这件事放下了，第二天醒来，酒劲过去，他就彻底把这件事情忘记了。高红拿起倒满香槟的酒杯和他碰了一下说，谢谢你能来。魏明磊说，客气了。高红一口喝掉了半杯，魏明磊也喝了大概同样的量，高红说，实话说，我有酒瘾，每天不喝睡不着的，其实喝了也睡不着，那就不如喝一点，你说呢？魏明磊说，你做这个职业，确实压力大一点，我每天躺下就睡着，其实也没什么意思，老是睡着。高红说，你现在还踢球吗？魏明磊说，很少了，我的脚里面有钉子，我现在教小孩子踢球。高红说，你喜欢孩子吗？魏明磊说，喜欢，你如果认识他们，也会喜欢他们。高红说，不一定，我这点爱啊，都给了自己了。说着她把剩下的半杯喝下，又给自己倒满了。我记得你当时跟我说过一句话，在信里，你说我们不能只爱自己，只相信对方，我们应该去爱更多的人。魏明磊说，我说过吗？高红说，你说过，就在这堆信里，我们把这些信读一读吧，你随便抽一封。魏明磊说，算了吧，我得走了，我明天早上的飞机。

高红抽出一封信，她才发现信封口被红蜡封死了。高红说，我们当时是这么弄的吗？魏明磊说，不是，这是我后来弄的。高红说，什么意思？魏明磊说，没有办法，如果不封上，会有东西跑出来。高红笑说，你啥时候变成这样了？魏明磊说，我看一下这是哪一封？嗯，这里头有一只鸟。高红说，飞出来还能飞回去吗？魏明磊说，看情况。高红把红蜡抠掉，一只八哥从里面飞了出来，黑色的八哥，小巧如手掌，一下就落到客厅的镜子前面，高红叫了一声，站了起来，手里的信封掉在地上。魏明磊弯腰把信封捡起来说，这个还是不要弄丢了。八哥站在镜子外面踱步，看着镜子里的自己，突然它说，金子底下有什么？镜子里的八哥回答道，你问谁呢？肥婆。镜外的八哥又说了一遍，金子底下有什么？镜子里的八哥说，有你妹啊，肥婆。你妹好像是个新词，镜里的八哥说完，得意地笑了笑。高红害怕了，说，你怎么变出来的？魏明磊笑说，我说了，原来里面就有，不是我变的。高红说，你是谁？魏明磊说，我是魏明磊啊。高红说，我要叫了，我不认识你，你怎么进来的？凌子？凌子？没人答应。魏明磊掏出自己的身份证说，给你看我的身份证，我是你要找的那个人。高红说，你的身份证不是让凌子拿走了吗？魏明磊说，我刚才拿回来了，你不用害怕，只要回答它的问题，它就会回到信封里。八哥说，是啊，肥婆，金子底下有什么？高红说，我不知道。魏明磊说，这是一句土耳其谚语，你应该去过土耳其吧，我看过你在土耳其做过节目。一只八哥而已，你怕鸟？高红贴着墙站着，伤腿蜷了起来，她说，金子底下有银子。八哥说，胡扯，全是你的啊？高红看着八哥，忽然说，我认识它，啊，我养过它，它拉稀拉死了。魏明磊说，你的原话是我的鸟死了，我怀疑是我妈因为我过于喜爱它，而把它毒死了。我趁人不注意把它埋在了我们教学楼门前的花盆里，这样我每天都能经过它。高红说，我知道了，金子底下有蝎子。八哥在镜子前面转了一圈，说，碎觉！镜子里的八哥却没有动，然后它一跳一跳，跳进了信封里。

魏明磊站起来说，抱歉吓了你一跳，这些信就是这个样子，而非我想玩什么花招，这么多年我也被它们折磨得不轻。现在它们是你的了。高红坐下捂着脸说，不行，你得把它们带走。魏明磊说，我照顾它们二十年，今天我如此辛苦把它们背来，是不能拿回去的。高红说，我求你了。魏明磊说，如你刚才所说，我们认识吗？高红说，那我烧了它们。魏明磊没有说话，只见桌上的信封震动起来，三五一行地立起来，在茶几上走圈，如同游行一般，几个略有破损的信封，稀稀拉拉跟在后面，几十秒钟之后，又都叠压着躺了下来。高红说，你想去卧室休息一会吗？明天早晨直接从这走吧。魏明磊说，我有自己的房间。你还记得你写的最后一封信吗？或者说，为什么我们之后不再写信了？高红说，我确实忘记了，但是那一天总会到来是不是？她一直没有停止喝酒，眼角因为酒精而耷拉下来，一层油脂也从面皮的后面渗了出来。她边喝着边用粉红色的舌头舔着嘴唇，不知从何处而来的笑容在她的脸上涌动着，她快要抑制不住自己的欲念了，两条腿搭在一起，好像故意锁闭着某处，身子从椅子上探出来，不时地用手抹去细长脖子上的汗珠。我还没睡过魔术师，高红说，这种人是不是在什么地方都能使出戏法？魏明磊说，我们看看最后一封信吧，既然你还不困。高红说，我当然不困，睡觉是多么大的浪费啊。我精力充沛，愿意醒多久就醒多久。刚才恐惧使她瑟瑟发抖，发现自己无计可施之后，她又对令她恐惧之人产生了某种依恋，魏明磊能感受到这一点，这也许已经成了她的习惯，他为自己感到羞耻，同时也觉得不虚此行。

魏明磊从信堆的最底下抽出一封信，这封信的一角略有破损，不过用白纸补上了。他从桌上的烟灰缸里拿起火柴，仔细地把红蜡烤软，然后轻轻打开了这封信。一根绳子游出来，大概一米多长，在茶几上爬行，这是一根普通的麻绳，唯一特殊之处是它是崭新的，如果再过些时候，它就跟其他麻绳一模一样了。高红指着麻绳笑说，绳子。绳子说，怎么这么热？高红说，因为这是南方啊。绳子说，我洗把脸。说着它钻进高红的酒杯，把一头浸湿了，然后爬到冰箱旁边，撬开了冰箱门，兀自吹着冷气。高红说，它还挺可爱的。绳子说，你说什么？高红说，我说，你还挺性感的。绳子突然绷直了一下说，现在呢？高红说，你变态。魏明磊说，你忘了不少东西呀。高红说，你闭嘴，你他妈的给我把嘴闭上。绳子说，现在好了，大家都把话说开了，嗯？高红说，我还没说完，我撒泡尿都能淹死你，你信不信？魏明磊点点头，也许是表示相信，也许是表明无计可施。绳子说，为什么要到南方来呢？太热了，我挨不住了。高红说，你就是一只臭虫，什么也不是，你靠吸我的血，是不是？你一事无成，这个世界的好处你知道几样？你以为你是这世界的一分子，傻逼，你以为你有自己平静的生活，自给自足，其实你就是住在下水道里的老鼠！魏明磊没有说话，高红的嘴唇飞快地动着，好像有人在用筷子搅着她的舌头，绳子说，对不起啊，我实在挨不住了。说完,它迅速顺着高红的腿爬上来,缠上了她的脖子,高红还想说什么,一个字也没有说出来,她拼命想把手指伸进脖子和绳子之间,绳子冰凉,没有给她任何缝隙。死之前她的眼睛突然瞪得老大,伤腿伸出来,绷带都要崩开了,似乎伤骨在这一瞬间愈合了,随后她好像突然认出了自己将要去的世界,眼睑缓缓落了下来,把一切都挡住了。绳子拖着她的尸体钻进了信封,她忘记了吗?她和我一样,只是一封信而已啊,进去之前绳子说。

魏明磊没有回答,高红让他闭嘴的。他从包里拿出透明胶条,把信口封住,然后把所有信装回背包,戴上准备好的鸭舌帽,从房间走了出去。天微亮了,清洁工人已经站在路中央,用抹布抹着防护栏。背包似乎沉了一点,但是他不确定是不是心理上的。无论是过去还是现在,我都尽了力,他对自己说,这并没有效果,还是老样子,自己,自,己。和所有人一样,他厌弃自己的工作,同时也需要它填充自己的生命。他抬手打了一辆出租车,这个司机非常安静,一句话也不跟他说,老是这样,他心想,要是跟来时的司机换一下就好了,他把背包放在大腿上,双眼看着前方,天空一点点明亮起来,好像信封挨近了火焰。他在心里默念着那封信,这是他无事可干时的通常消遣。

魏明磊你好：

你已离开这里一年，我们的通信也中断了，不过此时我还是给你写信。关于过去我们讨论的事情我已经有了决定，这是我们的秘密，你如问我原因，我说不出原因，你虽然失去了我，但是在某种意义上，我进入到了宇宙的大循环之中，也许我就附着在你将来遇到的事物之上，或者说，如果你将来登上了火星，也许会看到我的鞋子（如果以发展的眼光看，你在有生之年是有可能登上火星的）。刚才我就把绳子挂好了，试验时不小心扭了脚，不过没关系，一只脚也可以蹬开椅子。除此之外不会有遗书，所以你小子要高看自己一眼啊。再见了魏明磊，祝你一切都好，像今天一样，在你与你的本性之间没有任何障碍。

此致敬礼（唯一一次模仿你）

高红

松鼠

我有个朋友名叫周五，大名不知，是朋友的朋友，在一个酒局里认识的。他和我一个初中毕业，一届，不过不在一个班，故此当时并不认识，可见初中时二人并不著名，都是小角色。后来又在一个酒馆遇见，就坐下来聊过几次。他话不多，酒不差，我也差不多，酒量不如他，但是能跟一阵，不至于前三个回合就败下阵来。于是每逢碰见，只要是独个一人，就凑在一起喝一会，不较劲，不放松，喝到酒馆打烊。

那酒馆在我们两家之间，走路即可，装潢普通，音乐极好。老板是个德国人，每天都来，捧着一杯啤酒在吧台喝，见人就用蹩脚的中文说话，你好吗？我很好，酒很好，走一个，有时候也说去你妈的。我们俩通常坐在离吧台不远的一个小桌，他似乎是常客，抑或是酒馆的股东，这个小桌子只要他来，总是给他坐，放一盏小灯，灯是蜡烛，放在一碗水里，好像张岱的小船。话题散漫不经，偶尔有几句当下，大部分集中在初中。不知道为什么，我们都很喜欢讲那时候的故事，因为在一个学校，有点熟悉，不在一个班，又有点陌生，这个程度交流起来分寸刚好。他应该是生意人，戴着讲究的腕表，衣服也都昂贵贴身，具体做什么我没问过，我是写小说的，有时候很长时间也不说话，就是碰个杯，咳一咳，听听酒馆里放的音乐。有时候女人走过来，这有人吗？周五通常会说，有，一会还来五个。等人走后，我说，有就是有，没有就是没有，何必骗人？他说，我们都一天到晚骗人，她坐在这，会说几句真话？一想也有道理，消极地看待他人总不会吃亏。

一天喝了半晌，他说，初中你去过烈士陵园吧。我想了想说，去过，好像是初二入团的时候。他说，是，那我们应该是一起，走了两个小时，我们班有两个女生都中暑了。我说，没错，别说是女生，我都要不行了，我妈给我带了一瓶水，开头的二十分钟就喝光了，后来干瞅着别人喝，估计再走半小时，我能看见海市蜃楼，没想到你也在队伍里。他说，你记得七班有个叫马丽叶的吗？我挪了挪椅子，说，你认识她？他说，我问你记不记得？我说，记得，混血儿，初二就长到快一米七，黑头发，蓝眼睛。他说，绿眼睛。据说她妈是俄国人。我说，有没有眼睛会变色的女人？他说，也许有，她不是。就是绿眼睛，很深，长在脸里头。我说，嗯，你说绿的就是绿的吧。他说，有一阵，每到课间，我就去他们班扒窗户看她。我说，这我倒没干过。他说，我还去图书馆自学了俄语。我看了看周五,他很平静,没有吹牛的意思。他说,我跟踪过她,跟到过她家门口,看见过她妈,她妈确实是外国人,但是说的是中国话,俄语白学了。我说,艺多不压身。你这心思花了不老少。他扬起胳膊,又给自己叫了一杯烈酒。我说,我不要了。他点点头,说,那时候我学习不行,家庭普通,我妈是卖菜的,你知道我妈是卖菜的吗?我说,你没说过。他说,我琢磨琢磨,没什么别的机会,只有强奸她。我弄了绳子,锤子,还从化学老师那偷了一点乙醚,天天在书包里放着。我看了看德国佬,他正跟一个中国女人说话,那女人一笑就缩脖子,像一只鼹鼠。他说,我跟了她一个月,没逮着机会,她走到胡同口她妈就出来接她,一回家就不出来了。他们家窗户挺简陋,在二楼,我夜里爬上去一次,她和她妈睡一张床,没见她爸,那也不行,我想弄她,得先把她妈杀了,她妈是大人,我不一定能打得过,即使我能打得过,她也不能干看着,她比我还高,就算我能制服她们俩,随便其中一个一喊,那种破筒子楼,邻居都出来了。他扬了扬胳膊,又要了一杯酒,他看着我笑了笑,别紧张,今天都算我的,他说。

去烈士陵园那天,我没带那套东西,因为第一烈士陵园没去过,地形不熟悉,二是大白天,三四百人都在里头,干什么都等于现场直播。你说得对,那天真热,下火一样,走到后来,感觉鞋底都要化了,快粘在地上。我没入上团,老师看不上我,一个班能入团的也就七八个人，再多一倍，估计也没我。我平时不怎么捣乱，没什么话，成绩也不是倒数第一，但是她就是看不上我，也怪，也不知道是她看人准还是不准。可能是准吧，我应该卖菜。你还记得吗？那天是马丽叶代表大家宣誓？忘了？一男一女，男的是我们班的崔磊，崔磊你应该知道，又高又帅，还玩乐队。女的是她，两个代表。一进烈士陵园，是一条人行道，两边都是松树。路不是很宽，横着能站十个人，我们就横着站，从一班到十一班。正前方是一个纪念碑，一人多高，像截土墙，上面是哪个领导人的字，写了一段话。那是个抗美援朝烈士陵园，这个你总记得吧。这些人都死在朝鲜，先是埋在朝鲜，回头又给挖出来，运回来。那段话就写的是，这些人是哪一年被运回来的，多么费劲，死得多么值当。他们俩就站在这个碑前面，带着宣誓。同样的话，崔磊先说一句，马丽叶再说一遍，然后入团的人跟着说一遍。没入上团的，站在后面听着，当观众，受教育。我在倒数第二排，一点风也没有，身边的松针一动不动。马丽叶和崔磊站在太阳的正下方，虽然离得远，但是那时候眼睛好，我看见马丽叶的头发帘粘在额头上，短袖校服的嘎鸡窝有两片湿润，眼睛睁得大大的，腰挺得很直，举起拳头放在太阳穴旁边，"我自愿加入中国共产主义青年团……"，崔磊大概跟她一边高，故意穿了带跟儿的皮鞋，所以比她略高一点，梳着中分，有点紧张，比她紧张，下嘴唇伸出一块，老吹头发帘。一片云彩飘过来，遮住了他们，我放松了一些。宣誓完毕，云彩刚好飘走，他们两个从台子上走下来，站在第一排，和我们一起听校长讲话。校长讲完，宣布自由活动，参观陵园，一个半小时后原地集合，往回走。

我们班有个小子叫"猴子"，你应该有印象，猴子，站在我旁边，和我一样这批都没入上团，他从书包里掏出一把气枪，说，走，打松鼠去。我往前面看，没看见马丽叶，崔磊正在和老师说话，老师递给他一瓶水，指了指他的领子，他一边喝水一边抬手解开了一颗扣子。猴子说，你去不去？我说，走。他说，我们深点走，这片人多，松鼠都吓到里头去了。我就跟着他钻进松树林，然后往前走，走过刚才马丽叶站的台子，再往里面走，开始能看着有一两人蹲在树底下喝水吃面包，又往里面走，就看不见人了。猴子带的气枪挺不错，外面看着是塑料，里面的枪管是钢的，我估计是他爸给他改造过，打的是实心的硬塑弹，二十米之外能把薄玻璃打碎喽。大概又走了十分钟，一只极大的松鼠突然从我们脚旁边跑过去，猴子抬手就是一枪，子弹打中了松鼠的尾巴，松鼠喉咙里发出一种尖利又细微的叫声，尾巴耷拉下来，原来走的是直线，现在开始左右摇晃，好像醉了酒。猴子慢步靠近，松鼠已仓皇透顶，正在原地打转。他扭头看了看我说，你抓。我还没有回答，松鼠突然一跃而起，从猴子的脚面跳过，如火箭一样顺着树干跑上去，看不见了。猴子赶忙朝着树冠放了一枪，已无意义，什么都没有落下来。他摇摇头说，刚才应该补一枪，没事儿，前面还有的是。猴子他爸是个翻砂工，两条胳膊呈弧形，括在身体两边，我在家长会见过，如一只狒狒，猴子却瘦小枯干，所以叫猴子。又往前走了一段，一只松鼠也没见，只见满地风干的松果。树也高了起来，太阳没那么晒了，我身上刚才出了一层汗，渐渐干了，脸皮像给盐水泡过，一咧嘴就发紧。猴子的气枪有半米来长，夹在腋下，边走边用脚踢树枝，看看有没有松鼠被惊扰出来。忽然眼前出现一个石拱门，大概两人高，两头无墙，孤立于树林尽头，上面漆着"无名烈士公墓"，字浓黑，没有落款。我们两个从拱门穿过，看见一片坟包，足有一二百个，一模一样，各有一座石碑，石碑上面写着"无名烈士碑"，没有生卒年月，字体跟拱门上的一样。碑前或有鲜花，或有果盘，有的什么也没有，只有枯叶。我跟猴子说，快集合了吧。猴子抬手看了看电子表说，还有四十分钟，我们十分钟之后往回走。我听见远处几排石碑后有声响，什么东西蹭着落叶，就用手捅了一下猴子，猴子屏息听了几秒钟，说，别吓跑了它。我们两人猫腰往前走，我突然看见那个坟包后面露出一只运动鞋，便推着猴子往侧面动，先看见了马丽叶倚在坟包上，又看见崔磊敞着衬衫的领子，站在她对面，一脸汗珠，嘴唇吹着刘海，盯着马丽叶看。马丽叶的衣服开着，穿着白色胸罩，小肚子跟着呼吸起伏。崔磊说，解了吧。马丽叶说，不，说好了就能看这些。崔磊说，那你让我摸一下。马丽叶说，不，我还没想好。崔磊说，还隔着东西呢。马丽叶说，那也不行，我们得回去了。崔磊说，你让我摸一下，我送你一个CD机。马丽叶说，你怎么能说这种话？崔磊说，我有一个索尼的，在班里传着用，回去我就给你。马丽叶说，让我妈看见了，肯定得问我。崔磊说，你就不会说是捡的，反正也是旧的。马丽叶说，我没有碟，拿着CD机也没用。崔磊说，我有几十张，你挑五张。猴子扭头小声跟我说，磊子真能豁出去。我伸手说，把枪给我。他说，干吗？我说，看见了一只松鼠。他说，哪呢？我说，赶紧给我，要不跑了。我拿起枪，刚要打，一只手伸过来，卡在扳机里头。我扭头看，一个人穿着军装蹲在我旁边，目不转睛看着我。猴子也吓一跳，说，你干吗的？那人二十岁左右年纪，没戴帽子，平头，一脸青春痘，矮壮。若是年纪大些，我可能认为他是看园子的，仔细一看，应该不是，腿上还打着绑腿，斜背着绿色的军用水壶，一顶棉帽掖在背带里。他说，热啊，你们喝水吗？我们两个摇了摇头。他说，热也没关系，对于敌人和我们都是一样的，然后用手指了指，马丽叶正把手伸到后面解胸罩，说，你们一起的？猴子说，是，我们是同学，正要招呼他们，马上集合了。他一笑说，我看不像，你们刚才不是看得挺专心吗？你拿把破枪干什么？我心里有点慌，把枪递给猴子说，不是我的。他说，你别紧张，我知道你要干吗，确实，这是什么地方？跑这来搞男女关系，是不是不合适？女的还是外国人，老美，嗯？我想说看着是外国人，其实是中国人，但是忍住了。猴子说，是，是不合适，那我喊他们。他说，别忙，听我的口令。说完从背后掏出两把手枪，一把放在我手里，一把他拿在手上像指挥棒一样指着我说，拿这个打。我一只手拿不动，两只手举着，枪很旧，膛线已磨得露出白钢，冰凉，我忽然想起自己经常会说的一句话，我说，我错了，我知道错了。他把手里的枪顶在我脑袋上说，先打男的，再打女的，男的倒下，压在女的身上，女的跑不了，女的挨枪子儿，男的撒腿跑，你就不好打了。猴子吓得一动不敢动，也不敢喊，死盯着我们两个手里的枪。他说，我数到三，你就响枪。我说，我想撒尿。猴子说，你看我们穿着校服，我们什么也不懂，我再也不打松鼠了。他对我说，你匍匐一点，知道什么叫匍匐吗？好，我数三了啊。这时马丽叶的手停了下来，她说，解不开。崔磊往前跨了一步说，我帮你。马丽叶说，回去。崔磊说，我帮你吧。马丽叶把手从背后拿出来，扣上扣子说，索尼我不要了。崔磊抓住她的胳膊说，你怎么一会一变？马丽叶说，我觉得自己太不要脸了，你觉得呢？崔磊又往前挪了一点，腿贴到了马丽叶的腿上说，我觉得刚好，我帮你。他一把把马丽叶抱住，用嘴去咬她的耳朵。我没听见有人数数，就把枪扣响了。崔磊应声而倒，扑在马丽叶身上。猴子大叫一声，撒腿就往回跑。打绑腿的人拍了拍我说，小兄弟，是块好料。说着从我手里拿走枪别在腰里，往我裤兜里揣了一个苹果，说，吃吧，空运过来的，金贵，是群众从牙缝里抠出来的，记得下回开枪的时候别闭眼睛。说完站起来走了。我闭了会眼睛，然后朝马丽叶走过去，第一步就摔了一跤，嘴摔破了，爬起来继续朝她走。她蹲在地上把崔磊翻过来，正掐他的人中，看我走过来，说，快来。我走到他们跟前，看见崔磊双眼紧闭，腿伸得笔直。马丽叶说，他中暑了，你有水吗？我说，我没有。她说，你哪个班的？我说，九班。她点点头，绿眼睛好看极了。我说，我有一个苹果。她说，你给我。她接过苹果，在地上敲烂了，把汁涂在他脸上嘴唇上。崔磊醒了，看着马丽叶和我，不明所以。马丽叶给了他一个大嘴巴，说，以后你再敢靠近我，我就杀了你。崔磊眨了眨眼睛，表示接受。她又抽了他一个嘴巴，你现在感觉怎么样？崔磊说，好多了，我好多了。我们就架着他往回走，走到集合的地方，正在列队。崔磊散发着苹果的香味，时间刚刚好。

我面前的啤酒已经热了。我说，猴子呢？他说，我想想，好像是直接跑回家去了。我说，我记得他，后来长高了，呆头呆脑的。他说，嗯，人都不知道自己会长多高。吧台上的人多了起来，人们正在看球赛，英语解说，时不时大吼一声。我说，我可能会把这个故事写出来。他说，你知道我叫什么吗？我说，不知道。他说，那你给我起一个好一点的名字。我说,今天是星期几?他说,周末,星期五。我说,我们小时候周末是星期六。他说,是啊,可能再过十年,周末就是星期四了。我说,那就叫你周五吧。他想了想说,可以,是不是有个《鲁滨逊漂流记》,里面有人的名字差不多?我说,这我倒没想到,别太挑了,相信第一感觉。他说,好。然后站起来去买单,买完单他没有回到桌子旁边,也没有回头看我,直接快步走出了酒吧。

猎人

吕东移开落地灯，转身看了看自己和墙的距离，又走过去看了看自己已经摆好的椅子，不需要椅子，他应该趴在地上。他拉开窗户，走到阳台上，把晾衣杆端在手里朝外探去，晾衣杆太轻了。这是目前最主要的问题，不是落地灯，不是地板的颜色，不是余光里的桌子干扰他的视点，是晾衣杆，太轻了。

刘一朵和孩子正在卧室里搭乐高玩具，他听见女儿说，妈妈，我看不懂图纸，但是我知道这个轮子错了。吕幡四岁半，已具备了相当强的语言表达能力，常做令人惊奇的比喻，比如春节的时候她看见别家放起高高的烟花，说，你看爸爸，像是星星碎了。吕东把孩子的话牢记在心里，记了一大堆，他不跟别人讲，只是自己记住，他觉得吕幡是个特别的孩子，将来一定可以从事特别的职业，取得特别的成就，她可以成为一个艺术家，但是不应该是传统的艺术家，等她长大了，一定有新型的艺术家出现，比如就坐在人群中间表演比喻，或者戴着一个头盔，把脑中的奇想直接投射到幕布上，但是现在要将此事保密，就像一锅米饭，掀盖太早就会夹生了。吕东是一个五流演员，这是他给自己的定位，第一流的是大明星，就是那种一旦出场就是新闻的人物，赚钱如流水，名利如包浆；第二流的是好演员，吃手艺饭的，有无数的代表作，有其在，电影或者电视剧就具备了深入到人心的可能；第三流的是有希望的年轻演员，还没有特别好的作品，但是普遍被大家看好，假以时日，看个人的发展和造化，或者会成为一流或者二流的一种；第四流是熟脸，但是普通观众不容易叫出名字，这些人混迹于各种各样的影视剧中，扮演无法给人留下深刻印象的角色，但是那种脸就像陈年的布景，你知道你曾经见过他，一旦在剧中看见他，就感到亲切和安全，没错，这就是我一直看的那种电视剧，这就是帮我打发时间的众人；第五流是什么样的呢？演过不少戏，但是不知是表演的问题还是长相的问题，和没演过差不了多少，有些戏也有不少的台词，几个清晰的镜头，但是说了就说了，就像水渗进沙土一样消弭了。一晃十几年过去，戏也还在演，没有失业，但是很多时候都在消磨时间，据吕东的观察，这样的演员大多离过一次婚，目前还在租房，房子的位置不偏，跟其他影视从业者住得不远。有时在超市会碰见曾经合作过的明星，戴着口罩和墨镜，排队排在他后面，但是从没认出过他。有几次吕东曾想回头说，你记得吗，五年前有一场夜戏，我背过你，穿过一片丛林，躲过无数炮火，把你放在一匹矮马上，然后我被一颗流弹击中，死了。他只在头脑里想了想，就结账走出去了。

这是北京四月一个礼拜日的早晨，到处飘着柳絮，他把晾衣杆拄在手里，心情前所未有地干燥。三天前的晚上，他和情人吃过了晚饭，向家走去。他不怎么饮酒，只是纵欲，但是这次喝了一点，因为他对她感到厌烦了，他相信她也有同感，他们都需要更换对象。酒精使他情不自禁地说起话来，他聊起高中爬旗杆的故事，总是爬得最高，然后双腿夹住光溜溜的旗杆滑下来，从中得到难言的快感。但是他从来没有爬到过红旗的位置，即使那时是他人生中最有力气的阶段，他也总是在离红旗两米远的地方双腿酸软，顺溜而下。有一天下了雪，他迎着雪花向上爬，他戴着手套和护膝，几乎就要成功了，手已经搭到了红旗靠近旗杆的一角，一个女同学在底下拽了一把绳子，绳子抽中他的眼睛，他掉下来，摔断了胳膊。情人刷着手机，问他是不是可以留下过夜，他拒绝了她，略带怀旧的酣饮就此收场。

回家的路途上飘荡着植物味的夜风，当他走过一家夜总会的门前，看见一个男人坐在路肩上抽烟，神色清醒，没有喝醉，男人抬起头，目光落在吕东的脸上，又把头低下，几秒钟之后又抬起来，把吕东叫住。哎，我在哪见过你？吕东早已把他认出，此人是一位著名的艺术片导演，叫作章语,大概十五年前,他拍过一部三十万成本的小片子,吕东演了男二号,一个总是弄丢自己钱包的杀手,当时给了他五千块钱。吕东没比那时胖多少,只是脸上多了些赘肉,主要长在眼睛下面和下颚两侧,他有一双极长的睫毛,好像双引号一样凸出,当年章语因为睫毛用了他,现在他的睫毛并没有脱落,只是眼睛因为赘肉的挤压小了一点。章导,我是吕东,我演过你的戏。章语说,我想起来了,是你,坐下抽支烟吗?吕东每天抽两包烟,他坐下,接过烟抽了起来,这支烟特别有劲儿,烟草在肺内雾化成巨型的手指,使他的脸一下就红了。里面太闹了,章语说,他们都醉了,估计没人发现我离开。吕东点点头,章语的手里有一座金熊和一座银狮,可是他还像过去一样,无论是在片场还是在私下,一旦场面令他厌烦,他就走开,自己一个人待着。他还像过去一样羞涩,吕东心想,他还像过去那样,有时候为他人感到羞耻,以至于自己内心产生了多余的痛苦。章语说,你现在在忙什么?吕东说,四处串串戏。章语说,结婚了吗?吕东说,结了,孩子都四岁多了。章语说,挺好,我这十几年离了两次婚,两次像复印件一样相似,我记得当年我们聊过,你不建议我结婚,我没听你的,事实证明你有先见之明,你是个好演员,就是太不合群,长得也缺乏特点,最重要的一点是,你的欲望低,沸点高,出头的演员都正相反。吕东点点头,没说什么,对于自己的问题他有一些认识,但是他爱演戏，这样的话不好说出口，他坚持到现在，就是因为爱演戏，这话是实话，一旦说出来就像是假的。章语又从盒里揪出一颗烟，他把烟在膝盖上敲了敲说，你走几步我看看。吕东站起来走了几步，章语说，再走远点，走到那个路灯底下。吕东走过去，他忽然意识到他应该好好走，好像突然有一个从远处传来的声音说，拜托，走得认真点，那是一个温柔的声音，母性的声音，恳求的声音。他一边走一边解开自己的裤腰带，走到路灯底下撒了一泡尿，事实上他也确实憋了很久，然后系上裤腰带走了回来。章语示意他坐下说，你来演我的新戏吧，是个配角，但是已经非常不同了，有彩儿，你懂吧。吕东觉得又想拉屎，腹腔痉挛起来，他说，好，谢谢导演。章语说，你的片酬是多少？吕东说，我很便宜，您看着给吧。章语说，给你一个整数，十万，不多，用你也有这个考虑，可能和你的能力不匹配，你别见怪。我们在西安拍，周期大概是三个月，两个月之后进组，你不用学陕西话，你说普通话。我的团队还是原先那些人，你基本都见过，他们大部分都在里面唱歌，一会你跟我进去，我帮你再介绍一下，他们和我一样都老了，这没什么稀奇。剧本是根据一个西安作家韩春的小说改的，明天我把小说和合同都发你，你还是演一个杀手，使长枪，卧射，你爱吃面吗？我有点不记得了。吕东实事求是地说，我胃不好，总吃面。章语说，好，你最近再研究一下怎么做面。你要和枪和面建立感情,角色把射击当作一个重要的事儿,所谓"用志不分,乃凝于神",你明白我的意思吧。吕东说,我一定回去好好练。章语说,不是练,是成为,你的脸还要瘦一点。

第二天早上,章语的助理发来了原著小说、剧本和合同。到家已经凌晨三点,吕东一夜没睡,也没跟刘一朵提起这件事,他躺在床上睁着眼睛,一点不困也一点不累,只是担心各种各样的事情,他忽然担心起章语的身体,怕他这天夜里会死。孩子尿床,他起来换了一套被褥,吕幡在梦里吃着糖果,嘴唇使劲咂着,用小手轻轻扶着他的脸,好像要撕开一张糖纸。合同非常规范,也并没有什么暗藏的陷阱,他签好合同,寄回前给刘一朵看了看。刘一朵这几年一直在运营一家电影特效公司,势头良好,擅做可爱的妖怪和糊涂的神明。这天她没去上班,在家里给他做了两顿饭,她仔细读了小说和剧本,吕东的角色在支线上,是个彻底的配角,台词极少,但有二十三场戏,而且有个性,重要的是很适合他,木讷,有感情,但是做的事情是错的。小说不长,大概一万字,有一段是这样的:

枪手趴在地上,从瞄准镜里他看见老董检查了女人的伤口,然后站起来端详墙上的画,他也跟着看,画不太完整,以他对画的理解,画中少了重要的一笔。他打出一枪,子弹擦过老董的脖子,钉在墙上,这回完整了，他把枪拆开放进背包，卷起地上的毯子，走了。他是中国人，说道北的话，但是有个英文名字，叫迪克。

吕东过去在剧组里使过真枪，打的空弹，但是现在他没法搞到，也不能网购仿真枪，因为是犯法的。迪克只为一个人工作，就是陈老板，从两个人在非洲狩猎时相识到故事开始时，已经十年。十年间他每年大概接三到四单的工作，每一单从准备到实施需要两个月左右，完成之后去国外游荡半个月再回来。自从射杀了第一个人之后，他再没打过动物。

这天早晨吕东鼓捣了半天晾衣杆，他想办法将其增重，他用三指宽的透明胶布缠了一条浴巾在上面，然后在阳台上趴了一上午。北京五月已经很热，他盯着楼下那个丁字路口，路口的南面是一座购物城，相当现代，状如大船，一楼都是名品的广告，特斯拉的锚型 logo 嵌进一面血红的背景里面。路口的北面是一条狭长的小道，将将巴巴能过两排车，经常拥堵，小道的两旁是一些小门脸，有的是铜锅涮肉，有的是挂着粉色窗帘的性用品商店，其实早年就是一个胡同，从楼上看还能看到一个公厕，就在几家小店的后身。再往眼皮底下看，是一家加油站，像个喉结一样在小道的更北，这也是经常闹堵车的原因之一。吕东早上和中午都没有吃饭，中午之后他在卧室看了一会剧本，感到大脑缺氧，在冰箱里找到一只苹果吃了。晚上睡觉的时候饿得睡不着，一直打嗝。刘一朵说，杀手不是饥民，你这样饿着不行。吕东说，这人物台词不多，重要的是个状态，我的脸上都是油，先把油挨下去。刘一朵伸手摸了摸吕东的脸颊说，我明白你，女儿也明白你，今天她跟我说，不找你玩了，不打扰爸爸。但是光靠发狠是不行的，你得吃东西，配以运动，明天早晨我把你的运动鞋找出来，少吃点，跑跑步，这些比较可持续。

第二天早上六点，刘一朵还没醒，吕东就起来下了一袋方便面，然后找出运动鞋穿上，下楼跑了一圈步。他的腿这么沉，还没跑出小区就跑不动了，只好走回来，整个人像从水里捞出来一样。吕东想起来上次运动应该是六年前，他和刘一朵刚结婚，那时俩人住在西头，那时他养家，周末去大学里打羽毛球，打完之后挽着手走回小小的出租房，吕幡出生以后就再也没动弹过。白天刘一朵上班，吕幡去幼儿园，一般情况这时吕东都没起来，这天他给两人热了牛奶，用微波炉打了两片面包，刘一朵吃了，吕幡没吃，她要去幼儿园吃早餐，不过她还是肯定了吕东的行为，她说，爸爸，这样我们在一起的时间就多了。吕东回想起自己过去为什么睡得这么多，没什么特别的理由，他不会开车，也就没有送孩子的责任，而且在睡眠里他感觉很清净，很安全，在梦里有再多的苦恼也会醒来，啊，空荡荡的家，每个人各司其职，没有出事，没人戳穿他，他独自躺在柔软的床上，好像刚刚降世。他特别害怕做美梦，害怕美梦的虚伪，害怕醒来时发现自己还要忍受幸福的生活，害怕意识到自己已经犯下所有罪却没有勇气去认领，也没人希望他认领。出门时，吕东抱了抱刘一朵和吕幡，他用胡子轻轻刮了刮吕幡的脸蛋，感到既正确又懊悔。

两人走后，吕东吃了剩下的面包，又拿起晾衣杆趴在阳台上，这回他找了一条毯子铺在身子底下，这是吕幡两岁时的浴巾，现在小了，不再用了，大小正好，双肘搁在上面，不再疼了。现在还缺一个三脚架，也就是枪的支架，家里没有合适的东西，他就到书房里找了几本书垫在底下。趴了大概半个钟头，他一直盯着一个遛狗的女人看，女人应该是个保姆，牵着一条巨狗，通身黑色，头大如斗，脖子上套着棕色项圈，像是一条体面的领带，女人瘦小枯干，脖子和腿都短，步速很快，一直走在狗的前面。狗走走停停，在人行道上拉出两条粗壮的粪便，女人用手纸包了，环顾左右，快走两步扔进了小区中央的池塘里。一个和吕幡年龄相仿的男孩迎面遇见了狗，从自己的滑板车上下来，非要爬到狗的后背上去，狗很顺从，甚至半蹲下来让男孩上来，男孩的妈妈抱起男孩往回走，狗去舔母亲的脚后跟，母亲叫了一声，抱着男孩跑了。吕东用枪指着这位母亲的头，直到她走进楼道消失不见，回头再找那条狗，也找不见了，只看见小区里的桃树被风一吹，抖下许多花瓣来。他向远处看,那个路口的商城前面有一个地铁站,这时人正在涌入,密密麻麻,如同泥浆,一个男人从地铁口里出来,少数的逆流,过了马路走到食杂店的窗口,买了一盒烟,然后向他的小区走过来。男人的年龄和吕东相仿,较他瘦一些,发际线退后,露出两块白白的额头,穿一件蓝色的薄夹克,底下是黑色运动裤,他把枪口指向他。男人走到小区的围墙边上,撕开烟盒抽起烟,透过栅栏往里边看,吕东想象他是一个匪徒,来干什么呢?来抢劫一个富人的姘头,他知道这个小区里住了不少这样的女子,房子很大,独自一人,去超市也涂口红,白天睡觉,晚上也睡觉。但是吕东忽然想起自己是个杀手,杀手为什么要杀匪徒呢?毕竟不是演艺圈,同行相残,他便想象此人是一个便衣警察,跟了他两年,终于摸到他的住处。再往前一步就打死你,吕东小声说。男子把烟蒂丢在地上,顺着原路走远了。

中午过后突然刮起了狂风,小区里歇脚的老人和遛孩子的保姆都不见了。吕东一时找不到目标,趴着睡着了,醒来时有点沮丧,职业杀手怎么可能会在端枪的时候睡着呢?他站起来从冰箱里找了点冷牛奶喝,然后在房间里转了转,如果吕幡是个男孩就好了。家里没有玩具枪。他拿起手机给刘一朵发了一条微信:回家时如果方便,给我带一把玩具枪,最好有瞄准镜,枪长要超过一米。他又把小说读了一遍,小说很短,缺乏细节,陈老板死后,迪克依然在工作,或者说小说里大部分的篇幅在写老板死后迪克的工作,他躲了一阵,然后开始四处射杀在城市里随处小便的人。他又把剧本读了读,剧本也没有给出迪克的逻辑,射杀小便的人没有收入,而且相当费事,过去陈老板会把时间地点人物都给他,他只要找好狙击点,等待,射击,撤离即可。他无法蹲守在一处只射杀在一根电线杆后面小便的人,因为那样顺着弹道可以很轻易地找到他。他需要先锁定目标,然后跟踪,蹲点,然后在其并非小便之时将其狙杀,有人是从家门口的超市出来,有人是在幼儿园门口等待自己的孩子,就被他的子弹从遥远的窗户里面飞来打中了脑袋。吕东给章语发去了一条微信:导演,我想知道迪克的心理,我想知道他的父母是谁?爱上过什么人?喜欢喝茶还是可乐?睡觉时是仰壳睡还是侧向一方?杀了人之后,他是会吃面还是会去洗澡?最重要的一点是他为什么要射杀随地小便的人呢?极端的环境保护者?或者他自己有小便的困难?抱歉打扰您,您的一点提示对我都是很大的帮助。

暂时没有收到回信。

吕东洗了个澡,然后把剧本拿起来读迪克的台词,一共十二句:

一、我要一盒爱喜,不是那个绿的,是那个蓝的,不是那个,是下数第三排左数第五个。

二、(讲电话)我知道了,是只什么样的狮子?咬在哪里了?跟太太说,我很难过,我们不要再联系了。

三、你看见我的手了吗?顺着这条路直走,过第一个路口,你会看见一个日本人的小学校,不要拐弯,再直走,过第二个路口,右手边有一个粥铺,这时你右拐,走大概五百米,就是你要找的按摩店了,不过那人不是瞎子,他能看见,只是闭着眼。

四、我不喜欢你今天做的面,你情绪不好,面都拧在一起了。

五、是你的问题,不是我的问题,不要混为一谈,不过也许有一天我的问题会变成你的问题,你要祈祷这一天不要到来。

六、人们都羡慕飞鸟,我不羡慕飞鸟,只要我愿意我随时可以把它打下来。我羡慕河流,你永远截不断河流,你可以建水坝,但是河流并没有被截断,只是在等待。

七、你打错了。

八、我们之间产生了一点误会,这是我们的职业造成的,但是我希望我们个人之间没有误会,如果我不小心引起了你的注意,那是因为你的敏感,这个世界每天都在死人,你太敏感了。

九、请问这家面店哪里去了?

十、随地小便是很危险的事情，我看见你有两个孩子才告诉你这些。你看看远处，那个东西叫作太阳，它照耀着你，每天充满热情，你不应该这样对待生活，你应该在家里建一个温馨的洗手间，有尿的时候就去享受尿尿的乐趣，并且你应该把这个习惯传给你的孩子。

十一、你们研究了我，这很好，你们用显微镜看我，可是你们的心是死的，用显微镜又有什么用呢？

十二、请打中我的人出来。你好，我叫迪克，你叫什么名字？

吕东把这些句子都研究一遍，用铅笔画上重音，读了三遍。迪克的台词很怪，大多是说一句给别人，然后就不再有下句，或者是回答一句给别人，也不再说了。所谓来言去语，基本没有，可以说迪克是不聊天的。结尾处迪克问，你叫什么名字？那人却是一个无名小卒，还没有从掩体后面走出来报上姓名，迪克就死了。一个用心射杀随地小便的人的杀手当然要死，可是这种死法让吕东很难受，读到最后悲从中来，你好，我叫迪克，你叫什么名字？他又念了两遍，找准了节奏，他面带微笑，并不因为生命正在失去而悲伤，他笃定要了解一下对方，你叫什么名字？吕东站到镜子前面，看着自己的脸，你叫什么名字？他使自己的嘴角轻微翘起，眼眉放平，力求安详。到时就这样演,他忽然感到他可以演好这个人,至少这一句台词,他的诠释是合理的,如果现在有人喊action,他相信自己可以令所有人满意。

这时手机来了微信,章语回复:

我刚才在游泳,你的问题我不容易解答,你知道我的,如果我想清楚了,就不会拍电影,所以请你谅解,其实,这些问题是不是非常紧要,我也不清楚,如果你觉得紧要,那是对你紧要,需你来负责。不过我给你一点提示,不要恨你的目标,要理智地思考他的存在和不存在,如果他不存在,会对世界更好,你的目标就是这种人,你不是士兵,士兵总有国家的立场,你是一个独自整顿世界的人,一个不接受道德约束的雷锋,一个轻微的智识分子。祝好。

吕东回复了抱拳加OK的表情,他相信自己明白了。

当晚刘一朵买回了玩具枪,有瞄准镜,没有三脚架,瞄准镜是装饰,透过瞄准镜只能看到灰暗的塑料蒙子,子弹是橘黄色的圆形塑料弹,即使面对面射击,也无法伤人,换句话说,这把枪就像一个乒乓球发球机一样无害,但是至少有扳机。在家里待了一会,夫妇二人带着吕幡出去吃比萨,吕幡极爱吃西餐,自己能吃半张九寸的比萨和一块菲力牛排,但是不胖,好像天生就把西餐转化成水和二氧化碳的能力。晚上回来,吕东给女儿讲了霸王龙的故事,霸王龙食肉,但是有一天掉到深谷,只能吃果子,一只狐狸爱上了他，每天给他捡果子，使他得以幸存。等他有一天回到属于自己的丛林，又开始吃其他的动物，但是每当遇到狐狸他都犹豫一下，然后掏出一枚硬币决定是否吃下。通常，硬币会遂他的心意。

之后几天，吕东白天自己排戏，晚上接管孩子，让刘一朵能够处理白天没有处理完的工作。他每天六点起床，给妻子孩子做饭，晚上孩子睡后，自己下楼在园区跑步，减除身上和脸上的赘肉。因为迪克每天只抽半包烟，所以他每天也抽半包烟，不多不少，正好十支。他的内心里有时候会勃起对情人的肉欲，但是转瞬就被眼前的工作压制下来，使他近五年来第一次有了自己还算清洁的感觉。一周之后，迪克的台词他已烂熟于心，每一个场景里的动作他也有自己的设计，在剧本之外，他给迪克设计一个小动作，就是每次射击之前，都用右手食指掏一下耳朵，然后再用这根手指扣动扳机。他一天的三顿饭里，有两顿饭是面条，有时叫外卖，有时自己做，一周之后他发现那个丁字路口开了一家小小的山西面馆，卫生状况一般，但是面的味道不错，他就每天中午去那吃一碗刀削面。十天之后的一个晚上，他第一次梦见了迪克，他知道那是迪克，在远处的一扇窗户后面，姿势标准，面带笑容，他在路边小便，迪克用手指掏了掏耳朵，然后把他打死了。

美好的噩梦。

在第二十三天的下午，像每天上教堂一样，吕东照例趴在阳台上,他看见那个穿蓝色夹克的男人又来到了小区门口,他用玩具枪指着他的头,一个买菜的保姆用门卡带开了小区的门,男人跟着走了进来。这次他背着一个红色的双肩背包,进来之后走到池塘边的长椅上坐下,四处望了望,然后专心看起水中的锦鲤。这天阳光大好,水面闪着亮光,男人坐了一会,好像想起了什么事情,从背包里拿出一顶棒球帽戴上。他的脸一下掉到阴影里,吕东用枪指着他头顶的帽心。男人双手交叉,就这么一直呆坐着,有几个居民带着孩子在池塘边玩水,孩子指着水中说着什么,一个孩子把脚放进水里,他的妈妈拽了他一把。有孩子把面包屑投入池塘,鲤鱼围而争食,如同花瓣围绕花蕊。吕东有点渴了,但是他没有动,他心里说,你不动我就不动。过了半个小时,一个四十岁左右的保姆推着一个婴儿车来到池塘边,婴儿车上是一对双胞胎,各睡在一只车篮。吕东在园区里没有见过这个保姆和这台婴儿车,估计是刚刚搬来或者孩子刚刚出生。保姆没有和其他人说话,把车停在水边,自己坐在椅子上晒太阳,过了一会一个男孩的水枪掉入了池塘,风一吹漂到水中心去了,几位家长都束手无策,保姆站起来走过去,好像在给他们出主意。这时戴帽子的男人快步走到婴儿车旁边,放了一个什么东西在其中一个孩子的车篮里,然后径直顺着小区的门走出去了。

炸弹?吕东心想,他想从窗户中大喊,随即摇了摇头，万一不是炸弹呢？万一只是一张儿童早教的传单呢？他的羞涩和担忧在内心交战，终于他站起来换了一件干净的衬衫，坐电梯下楼，来到池塘边，那个保姆和双胞胎已经不见了，男孩的父亲正用一支竿网捞起水中的水枪，他抬头看了看自己的窗口，那把枪还搁在那里，指着这个方向。他转身从小区走出去，围着小区的围墙走了一圈，没有发现那个男人，他有点怀疑自己刚才是睡着了，做了一个简短的梦。他来到超市买了一包烟，我要一盒爱喜，不是那个绿的，是那个蓝的，不是那个，是下面第三排左数第五个。售货员说了一句什么，吕东觉得他没有听清他的话，就把刚才的话重复了一遍，售货员说，先生，我们的爱喜卖完了，先生，你看，卖完了。吕东点了点头，买了一盒口香糖，回到家之后，他在书房坐了一会，从桌上拿起眼药水给眼睛点了点，闭着眼睛休息。应该吃面条了，他心想，可是他感到有点疲倦，他忽然非常想念吕幡，他希望她早点从幼儿园回来，跟他讲讲幼儿园发生的事情。他意识到，原来专注等于孤独。他睁开眼回到阳台上，那个保姆和双胞胎的婴儿车又出现在池塘边，他忽然感到有一个计时器在嗒嗒地响，应该清除掉刚才那个男人的，他意识到，真是一失足成千古恨，万一是头发丝一样的袖珍炸弹呢？万一是比头发丝炸弹还要先进的透明炸弹呢？不爆炸之前永远不会被发现，一旦爆炸就足以炸掉一层楼。第一次看见那个男人的时候他就应该意识到，这人是给世界带来坏处的，他是唯一注意到他的人，可是现在却让他溜走了。

他拿起手机查看时间，发现来了一条微信，是章语的制片主任发来的：章语导演于今日下午三时游泳时溺亡，剧组解散，以导演公司名义所签合同作废，具体情况以稍后发布的讣告为准。我们都在震惊与悲痛之中，且开始着手与游泳馆之诉讼事宜。诸位节哀，保重。

吕东看了眼时间，是傍晚六点，他给刘一朵打去电话，刘一朵没有接，他才想起来今天她和吕幡要去上钢琴课，然后要跟几位家长聚餐。他感到自己的心脏震颤，好像飞机降落时那种震颤，下落，下落，还没着地。他在心里默念，这是你的问题，不是我的问题，不要混为一谈，也许有一天我的问题会变成你的问题，你要祈祷这一天不要到来。还有一个问题，那个时钟还在嗒嗒地走着，在他的脑中一刻不停。他来到阳台，太阳已经落山，楼下的孩子越聚越多，孩子，成人，狗，简易的风筝，脚踏车，喷水的兽头。他看见了那个保姆，坐在双胞胎的婴儿车旁边，跷着二郎腿，吃着手帕里的瓜子。在保姆不远处的长椅上，他又发现了那个戴帽子的男人，背着红色的双肩包，双手交叉，低头不语。他马上走到厨房，拿了一把厨刀，长约两拃，刀刃是锐三角形，用报纸包上夹在腋下，坐电梯下楼。跑到池塘边，男人已经不见了，抬头看，刚刚走出小区的门口，他抬手打掉保姆手里的手帕，说，你车里有东西,快把孩子抱走。说完撒腿去追那个男人,跑出小区,男人不见踪影,他想起上次那个男人是从丁字路口走过来的,就向丁字路口跑去。路上经过那个面店,他停下脚步站了几秒钟,面店已经不见了,原来是面店的地方,现在落着一扇卷帘门,上面画着一台显微镜。

他继续往前跑,逆着地铁里涌出的人流,在丁字路口的马路中间追上了那个男人,他紧跑几步把男人扑倒,用刀尖顶住男人的咽喉,说,你往车里放了什么东西?男人说,什么车?吕东说,婴儿车,还有,那个面店去哪了?男人说,什么面店?吕东说,就是刚才路上那个面店,去哪了?男人说,哦,你说的那个山西面馆,我也在纳闷为什么不见了。吕东用另一只手掏了掏耳朵,刀尖在男人喉咙上划动了一下,不要避重就轻,你往婴儿车里放了什么?男人说,一只布娃娃。吕东说,布娃娃肚子里有什么?男人说,布娃娃肚子里当然是布。一辆奥迪车从他们身边疾驰而过,响着刺耳的喇叭。吕东说,你为什么要放布娃娃在里面?男人说,我想念孩子,所以去放布娃娃,我有两个女儿,但是因为我出了不可饶恕的问题,再也见不到她们了。你可以扎死我,帮我自己省了事儿,就是也给你添了麻烦。吕东忽然感到一股气体从胸中游荡出来,从他的嘴巴,从他的鼻子,从他的耳朵,游荡出来,与此同时他的肉体好像从他的身体上走下,一种轻盈的遥远的精神托住他的双脚,使他不至于倾倒。他扔下刀,和男人并肩坐在车流中间,他抬起头看看高处,也许此时正有人瞄准他,因为他出生以来的所有错误而审判他?那又如何?男人拍了拍他的肩膀说,你看待生活有点严肃,是吧?吕东没有说话,他看见就在不远处有一条河流,在这人群中在这晚霞底下流淌开去,清澈见底,鱼跃之上,水草丰沛,不畏闸门,不怕子弹,就这么一直流入大海。

图书在版编目（CIP）数据

猎人 / 双雪涛著. -- 北京 : 新星出版社, 2025.9.
ISBN 978-7-5133-5994-8

Ⅰ. I247.7
中国国家版本馆CIP数据核字第2025XD0843号

猎人

双雪涛 著

责任编辑	汪 欣	**特约编辑**	黄平丽 宣 彤
营销编辑	杨美德 李琼琼	**装帧设计**	付诗意
内文制作	王春雪 陈慕阳	**责任印制**	李珊珊 史广宜

出 版 人　马汝军
出 　 版　新星出版社
　　　　　（北京市西城区车公庄大街丙3号楼8001　100044）
发 　 行　新经典发行有限公司
　　　　　电话（010）68423599　邮箱 editor@readinglife.com
网 　 址　www.newstarpress.com
法律顾问　北京市岳成律师事务所
印 　 刷　山东京沪印刷科技有限公司
开 　 本　850mm×1168mm　1/32
印 　 张　7.5
字 　 数　130千字
版 　 次　2025年9月第1版　2025年9月第1次印刷
书 　 号　ISBN 978-7-5133-5994-8
定 　 价　49.00元

版权专有，侵权必究。如有印装质量问题，请发邮件至 zhiliang@readinglife.com